Calderón de la Barca

Das Leben ein Traum

Schauspiel in fünf Akten. Translated by Joseph Schreyvogel

Calderón de la Barca

Das Leben ein Traum
Schauspiel in fünf Akten. Translated by Joseph Schreyvogel

ISBN/EAN: 9783744797085

Hergestellt in Europa, USA, Kanada, Australien, Japan

Cover: Foto ©Andreas Hilbeck / pixelio.de

Weitere Bücher finden Sie auf **www.hansebooks.com**

Das Leben ein Traum.

Schauspiel in fünf Akten

von

Calderon de la Barca.

Stuttgart.

Verlag der Expedition der Freya.

(Carl Hoffmann.)

1868.

Einleitung.

———

Einem polnischen König Basilius, dessen Reich der Dichter an das Meer grenzen läßt, war unter schrecklichen Vorzeichen ein Sohn geboren worden. Gräßliche Träume hatten der Mutter das Kind als ein Ungeheuer voll Wuth und Mordlust dargestellt, und sie war über der Geburt gestorben. Auch das Horoskop des Neugeborenen, das ihm der König, ein eifriger Astrolog, selbst gestellt, hatte verkündet, daß es dieser Prinz Sigismund einst allen Tyrannen der Welt mit wilden Freveln zuvorthun, daß er den Vater entthronen und in Staub stürzen, daß er sein Volk zerfleischen werde. Voll Entsetzen über diese drohenden Schicksale hatte der König die Geburt des Prinzen verheimlicht, hatte ihn eiligst nach einem unnahbaren Thurme entfernt und ihn dort von Clotald, seinem treuesten Vasallen, bewachen und erziehen lassen. Der Verstoßene hatte sich in diesem Kerker zu einem Jüngling entwickelt, dessen trotzige Kraft die Sterne nicht Lügen strafte und nur durch Fesseln zu bemeistern war; dabei hatte er aus Natur und Geschichte Alles begierig aufgefaßt, was seinem hochstrebenden Herrschergeist Nahrung gab, während er sein Menschenloos, indem er es mit der Freiheit der Thiere verglich, als die bitterste Qual empfand. Inzwischen war der König von den Jahren zum Greise gebeugt, und in dem Zeitpunkt, wo er sich Sorgen über die bevorstehende Veröbung seines Thrones hingiebt, beginnt das Drama. War es nicht vermessen, fragt er sich, daß ich meinem einzigen Erben die Freiheit, den angestammten Thron, die Menschenrechte geraubt? Durfte ich so tyrannisch gegen ihn verfahren, um Andere vor Tyrannei zu schützen? Habe ich darin weise, väterlich, christlich gehandelt? Ist mein Glaube an die Prophezeiungen des Sternenlaufs nicht blind? und wenn er gegründet ist, sind denn die Einflüsse der Gestirne unbesiegbar? So schwankend und vielfältige Vorstellungen in seinem Geiste abwägend, hat er endlich eine Auskunft ersonnen. Von seiner Wissenschaft be= lehrt, will er einen Schlummertrank bereiten, der den Prinzen auf eine Zeit bewußtlos machen soll, daß man ihn schlafend an den Hof bringen könne. Beim Erwachen soll er sich von allem fürstlichen Pomp umgeben finden, als Herrscher begrüßt und auf die Probe ge= stellt werden. Erweist er sich gerechten und milden Sinnes, so werde ihm als Thronfolger gehuldigt; zeigt er sich unlenksam und despotisch, so werde er in seinen Kerker zurückgebracht, und die Nachfolge den Schwesterkindern des Königs, Astolf und Estrella, verliehen, die sich schon am polnischen Hofe befinden und ihre gleichwiegenden Ansprüche durch die Ehe vereinigen wollen. Zu diesem Entschluß gelangt, ver= sammelt Basilius die Großen und das Volk, enthüllt den Erstaunten das Geheimniß von Sigismunds Dasein und macht sie mit seinen Ab= sichten bekannt. Alle verlangen den Prinzen zum König. Aber bald entsetzen sie sich vor der unbezähmten Willkür, welche dieser in Worten und Handlungen an den Tag legt. Gegen jeden, der ihm besänftigend oder hindernd in den Weg treten will, gegen den König selbst läßt er seinem Willen den Zügel schießen, so daß nichts übrig bleibt, als ihn schnell wieder in Schlaf zu versenken und in seinen Gewahrsam zurückzubringen. Dort erwacht er, anstatt auf prunkenden Pfühlen, auf seinem alten Schmerzenslager, und Clotald, der seinem

rächenden Dolche mit knapper Noth entronnen war, konnte ihm leicht
einreden, daß er die ganze Zeit schlafend gelegen, und daß er Alles,
was ihm vor die Sinne getreten, nur geträumt habe. Indem er ihm
zugleich vorstellt, wie unrecht er gethan, sich an ihm, seinem treuen
Lehrer und Freund, vergreifen zn wollen, was ja auch die Seele des
Träumenden beflecke, stimmt er ihn zu weicher Betrachtung, zum Ein=
blick in die ungebändigten Triebe seiner Brust und zu reumüthigen
Vorsätzen. Was ist das Leben? ruft Sigismund aus —

> Was ist das Leben? Raserei!
> Was ist das Leben? Hohler Schaum,
> Ein täuschend Bild, ein Schatten kaum!
> Gar wenig kann das Glück uns geben,
> Denn nur ein Traum ist alles Leben,
> Und selbst die Träume sind ein Traum.

Aber ein verrätherischer Söldner hatte inzwischen die neuerungs=
süchtige Menge aufgewiegelt und war mit bewaffneten Haufen heran=
gerückt. Sie dringen in den Thurm, rufen nach Sigismund, reißen
ihm den Schleier von den Augen und huldigen ihm als Polenkönig.
Der kriegerische Schall entzündet den Ehrgeiz, die Thatenlust des Prin=
zen, er stellt sich an die Spitze der Empörer und schlägt den König,
der seine Macht gegen ihn ins Feld geführt. Doch fügt er diesem Siege
sogleich den größern über sich selbst hinzu. Die Freiheit, die Hitze des
Kampfes hatten das Gold seiner Seele geläutert, hatten die Früchte seines
Geistes plötzlich gereift. Der titanische Jüngling ist zum hellblickenden,
maßvollen Manne geworden. Er umarmt seine Gegner und kniet
verehrend vor seinem Vater, der sich glücklich preist, den Scepter
seines Reiches in so würdige Hände zu legen.

In diese Haupthandlung hat der Dichter eine zweite mit der ihm
eigenen Anmuth und Sicherheit verflochten. Clotald hatte einst am

Hofe von Moskau das Edelfräulein Violante zur Liebe beredet un
hatte, treulos von dannen gehend, ein kostbares Schwert zurückgelasse
mit dem Bedeuten, daß er dem künftigen Träger desselben, wenn (
sich ihm nahen würde, ein hilfreicher Freund und Vater sein woll
Die verlassene Violante hatte dann eine Tochter, Rosaura, gebore
und diese, zu einem Wunder von Schönheit erblüht, hatte be
Herzog Astolf von Moskau, den wir schon kennen, ihr Herz geschenk
Als nun Astolf an den Hof seines Oheims Basilius gezogen war, m
sich mit seiner Muhme Estrella zu vermählen, hatte Rosaura muthige
Sinnes beschlossen, den Ungetreuen aufzusuchen, und wenn es ih
nicht gelänge, ihn zu seinem Schwur zurückzuführen, den erlittene
Schimpf im Blute des Verräthers auszulöschen. Von ihrer Mutte
mit dem für sie geheimnißvollen Schwerte Clotald's umgürtet, welches ih
einen der polnischen Edlen zum schützenden Freunde machen würde
und von ihrem Diener Clarin (dem Narren des Stücks) begleitet, hatt
sie sich in Männertracht auf den Weg begeben und war von ihre
wilden Pferde über Stock und Stein vor Sigismunds Thurm getrage
worden. Hier begegnen wir ihr gleich auf der Schwelle des Stücks
Sie stößt auf Clotald, welcher sein Schwert und bald auch seine Be
ziehung zu dem Träger erkennt; sie stößt auf Astolf und will an de
Abtrünnigen Rache nehmen, erst durch ihren Vater, der sich aber a
dem Herzog nicht vergreifen mag, dann durch Sigismund, der vo
den Reizen des Schützlings bestrickt, seiner Leidenschaft Raum gebe
will, dann sich bezwingt, und von Astolf verlangt, daß er seine Pfli
erfülle und Rosaura zur Gattin nehme, während er selbst Estrell
seine Hand reicht.

Aus diesen beiden Fabeln ist Calderon's Schauspiel La vida e
sueno, das Leben ist ein Traum, zusammengesetzt. Es ist e
Schauspiel, weil die Conflikte, so ernst sie sich angelassen haben, z

glücklichen Lösung kommen, sogar mit zwei Heirathen abschließen; daß ein unbenamster Kammerherr und der Spaßmacher Clarin das Leben einbüßen, kommt nicht in Betracht, denn beide gelten nur als Töpfe, die der Dichter, nachdem sie einen heiseren Klang von sich gegeben, in Scherben wirft. Unser Text giebt mit einigen stylistischen Aende= rungen die Bearbeitung von Schreyvogel (C. A. West), welcher mit Glück und Geschick die Weitschweifigkeiten des Originals beseitigt und die Oekonomie des Stücks unsern Theaterverhältnissen angepaßt hat. Ist auch unter der Gartenscheere manche schätzbare Blüthe mit weg= gestreift worden, so verschmerzt es sich bei Calderon am leichtesten, dessen überströmendes Füllhorn auch der Nimmersatt nicht ausschöpfen kann. Aller Stoff, den dieser Dichter berührt, verwandelt sich ihm unter den Händen in poetisches Gold, und so zauberhaft, daß wir uns oft eines Grauens nicht erwehren können; zumal wenn wir aus der Gewalt seiner Täuschungen entlassen sind und unter den funkelnden Schätzen, die wir jetzt bei klarem Sonnenlicht mustern, nicht wenige Schlacken ent= decken.

Bevor wir unsern Lesern eine Anzahl Calderon'scher Dramen zur Ueberschau vorgeführt, enthalten wir uns, die Kunstbegabung und Kunst= weise dieses vom Settengeist ebenso übertrieben geschmähten als gepriesenen Dichters, der in purpurner Wolke auf dem Gipfel des spanischen Par= nasses thront, zu charakterisiren. Hören wir inzwischen, wie sich Goethe zu guter Stunde über ihn ausspricht, indem er, vom frischen Genuß seiner Werke hergekommen, Lob und Tadel zwar nur andeutet oder in faltenreichen Ausdruck versenkt, aber doch keinen der entscheidenden Gesichtspunkte unberührt läßt.

„Calderon's großes Talent, seinen hohen Geist und klaren Ver= stand muß ich immer wieder verehren und bewundern. Eigentliche Naturanschauung verleiht er keineswegs; er ist vielmehr durchaus theatralisch, ja bretterhaft. Was wir Illusion heißen, besonders eine solche, die Rührung erregt, davon treffen wir keine Spur; der Plan liegt klar vor dem Verstand, die Scenen folgen nothwendig, mit einer Art von Balletschritt, welche kunstgemäß wohlthut und auf die Technik unserer neuesten komischen Oper hindeutet. Die inneren Hauptmomente sind immer dieselben: Widerstreit der Pflichten, Leidenschaften, Bedingnisse, aus dem Gegensatz der Charaktere, aus den jedesmaligen Verhältnissen abgeleitet.

Die Haupthandlung geht ihren großen theatralischen Gang; die Zwischenscenen, welche menuettartig in zierlichen Figuren sich bewegen, sind rhetorisch, dialektisch, sophistisch. Alle Elemente der Menschheit werden erschöpft, und so fehlt auch zuletzt der Narr nicht, dessen hausbackener Verstand, wenn irgend eine Täuschung auf Antheil und Neigung Anspruch machen sollte, sie alsobald, wo nicht gar schon im voraus zu zerstören droht.

Nun gesteht man bei einigem Nachdenken, daß menschliche Zustände, Gefühle, Ereignisse in ursprünglicher Natürlichkeit sich nicht in dieser Art auf's Theater bringen lassen, sie müssen schon verarbeitet, zubereitet, sublimirt sein; und so finden wir sie auch hier: der Dichter steht an der Schwelle der Ueberkultur, er giebt eine Quintessenz der Menschheit. Shakespeare reicht uns im Gegentheil die volle reife Traube vom Stock; wir mögen sie nun beliebig Beere für Beere genießen, sie auspressen, keltern, als Most, als gegohrenen Wein kosten oder schlürfen — auf jede Weise sind wir erquickt. Bei Calderon dagegen ist dem Zuschauer, dessen Wahl und Wollen nichts überlassen: wir empfangen abgezogenen, höchst rektifizirten Weingeist, mit manchen Spezereien geschärft, mit Süßigkeiten gemildert; wir müssen den Trank einnehmen, wie er ist, als schmackhaftes köstliches Reizmittel, oder ihn abweisen.

Leider sieht man in mehreren Stücken Calderon's den hoch- und reisinnigen Mann genöthigt, düsterem Wahn zu fröhnen und dem Unverstand eine Kunstvernunft zu verleihen, weßhalb wir denn mit dem Dichter selbst in widerwärtigen Zwiespalt gerathen, da der Stoff beleidigt, indeß die Behandlung entzückt. Und in dieser Hinsicht ist es für den größten Lebensvortheil, den Shakespeare genoß, zu achten, daß er als Protestant geboren und erzogen worden. Ueberall erscheint er als Mensch, mit dem Menschlichen vollkommen vertraut; Wahn und Aberglauben sieht er unter sich und spielt nur damit; außerirdische Wesen nöthigt er, seinem Unternehmen zu dienen; tragische Gespenster, possenhafte Kobolde beruft er zu seinem Zwecke, in welchem sich zuletzt Alles reinigt, ohne daß der Dichter jemals die Verlegenheit fühlte, das Absurde vergöttern zu müssen — der allertraurigste Fall, in welchen er seiner Vernunft sich bewußte Mensch gerathen kann." —

Die hervorragendsten unter den spanischen Dichtern waren aus adeligem Geschlecht, vertauschten die akademischen Studien mit dem Kriegsdienst und diesen mit dem Musendienst. Wir finden Cervantes bei der Seeschlacht von Lepanto, Lope de Vega auf der berühmten Armada, Calderon in flandrischen und italienischen Heerlagern. Wie diese Laufbahn ihrem nationalen Selbstgefühl entsprach, so entsprechen ihr wieder die kühnen und abenteuerlichen Elemente in ihren Dichtungen. Calderon wurde 1600 in Madrid geboren und lebte hochgefeiert und glücklich bis 1687. Als Fünfziger in den geistlichen Stand getreten, lieh er sein fruchtbares Talent, seine glühende, ja brennende Phantasie, nicht eben zum Vortheil der Kunst, mit Vorliebe den Zwecken seiner Kirche. Außer einer erstaunlichen Anzahl von Intriguenstücken, heroischen Schauspielen und Tragödien, brachte er mehr als hundert geistliche Festspiele und Allegorien hervor. Von den Schultern seines Vorgängers Lope de Vega hatte er sich über alle

Mitstrebenden emporgeschwungen und blieb allen seinen Nachahmern und Nachfolgern unerreichbar. Bei uns wurde er von den Romantikern eingeführt und ausgebeutet. In welchem Lichte sie ihn betrachtet wissen wollten, geht aus folgendem schwülstigen Sonett A. W. Schlegels hervor:

An Calderon.

In deiner Dichtung Labyrinth versunken,
    Wo in des ew'gen Frühlings Jugendflore
    Die Schönheit Himmel wird, die Lieb' Aurore,
    Und alle Bäume lichte Sternenfunken:

O Calderon, du hier schon Gottheit-trunken,
    Herold der Wonne, Cherub nun im Chore!
    Sei dir mein Gruß gesandt zum sel'gen Ohre,
    Und hohes Heil und Glorie zugetrunken.

Doch welcher Trank mag dazu würdig dienen,
    Von allem, was umarmt von brünst'gen Sonnen,
    Aus Trauben ihres Busens träuft die Erde?

Nur jene Reb', entsproßt am Flammenbronnen
    Vesuvs, daß sie in fließenden Rubinen
    Lacrima Christi, frommer Nektar werde.

Perſonen.

Baſilius, König von Polen.
Sigismund, deſſen Sohn.
Aſtolf, Herzog von Moskau, Neffe des Königs.
Eſtrella, des Königs Nichte.
Clotald, ein Großer des Reichs, Sigismunds Aufſeher.
Roſaura.
Clarin, Roſaura's Diener.
Erſter ⎫
Zweiter ⎬ Kammerherr.
Ein Diener.
Der Anführer eines Soldatenhaufens.
Mehrere Große und Hofbeamte.
Soldaten und Gefolge.

Erster Akt.

Wilde Gegend, ringsum von Felsen umgeben. Auf einer Seite ein Gebäude mit Ringmauern und einem Thurme.

(Es wird Nacht.)

Erster Auftritt.

(Rosaura in männlicher Reisekleidung und Clarin.)

Clarin

(in die Scene rufend).

He, holla! du verwünschtes Thier! —
'S ist fort,
Im Nu, als ob's der Wind davon
   getragen. —
Seht, seht! da ist es wieder, —
und nun dort! —
So stürz'! und mög' das Wetter
dich erschlagen,
Du Satan von 'nem Pferde!

Rosaura.

       Laß es fliehn!
Nicht schlimmer ist's, als was Astolf
   gethan,
So schlimm nicht einmal. Liebt' ich
es, wie ihn?
Gelobt' es Treue mir? — Die Freiheit lockt es an:

Es flieht, und läßt im Unglück uns
   allein.

Clarin.

Ei, schönen Dank! das mag wohl
   Sitte sein
Bei großen Herrn; doch so ein Roß,
   verzeiht!
Wenn's nicht zur Stange hält, das
   wird gebläut.

Rosaura.

Sei still!

Clarin.

   Nun gut! Doch Fräulein, gebt
     mir Kunde,
Was thun wir jetzt, zu Fuß, in
   später Stunde?
Auf diesen Bergen, pfadlos und veröbet,
Da schon das Meer die Abendsonne
   röthet!

Rosaura.

Weiß ich es denn? Klag's du dem
   Mißgeschicke,
Das mich verfolgt. — Doch täuschet
   meine Blicke
Kein Trug der Phantasie, so seh'
   ich dort
In zweifelhafter Dämm'rung ein Gebäude —

Clarin.

Wahrhaftig ja! O welche Herzensfreude!

'S ist eine Schenke, Fräulein, auf mein Wort!
Ich kann sie, scheint mir's, mit den Händen fassen.

Rosaura.

Ein roh Gebäu steckt zwischen Felsen=
massen;
Kaum will sich seine Niedrigkeit ge=
trauen,
Zur Abendsonnenpracht empor zu
schauen,
Die jene Tannengipfel stolz be=
grüßen.
Ein Klotz, ein Klumpen, zu der Berge
Füßen,
Die, Riesen gleich, sich aus der
Nacht erhoben,
Scheint es mit Wucht herabgerollt
von oben.

Clarin.

Ries' oder Zwerg! Laßt uns nur
näher gehen;
Was hilft's, das Ding erst lange zu
besehen?
Viel lieber guckt' ich, was es an
dem Orte
Für uns zu essen giebt.

Rosaura.

Die Felsenpforte
Steht offen — ha! ein Grabes=
schlund gähnt so,
Und läßt zu den verhängnißvollen
Thoren
Die Nacht heraus, die drinnen ward
geboren.

(Kettengeklirr im Thurme.)

Clarin.

Weh! hier ist's nicht geheuer.

Rosaura.

Hörst du was?

Clarin.

Geklirr von Ketten!

Rosaura.

Ja! wie Eis und Feuer
Durchrieselt's mich.

Clarin.

Hier ist nicht gut sich betten.
Kommt, Fräulein! fort! gehn schleu=
nig wir davon.

Sigismund (im Thurme).

Weh, Sigismund! weh, weh mir
Unglückssohn!

Rosaura.

Horch! Hörst du? welche Klagen,
welches Stöhnen!
Mitleid ergreift mich bei den Jammer=
tönen.

Clarin.

Mich packt es an mit wilden Fieber=
schauern.

Rosaura.

Clarin!

Clarin.

Gebieterin?

Rosaura.

Fliehn wir die Mauern
Des Zauberthurms!

Clarin.

Ich liefe gern von dannen,
Doch selbst zur Flucht kann ich mich
nicht ermannen.

Rosaura.

Sieh doch, Clarin! es schimmert in
der Ferne
Ein dämmernd Licht, gleich einem
bleichen Sterne
Aufflackernd, wechselnd in ohnmächt'=
gem Beben,
Deß matter Schein nur jenes Dun=
kels Dichte

Noch dunkler macht mit zweifelhaf=
tem Lichte.

Clarin.

Das Haar am Scheitel fühl' ich
aufwärts streben.
Seht doch nicht hin!

Rosaura.

Das Licht mit seinen Strahlen
Scheint einen Kerker mir vor's Aug'
zu malen,
Von düstrer Tiefe, beinah' zu ver=
gleichen
Mit einem Grabe von lebend'gen
Leichen,
Und — jeder Blick enthüllet neue
Schrecken —
Ein Mann liegt drinn, den rauhe
Felle decken,
Mit Ketten sind die Hände ihm ge=
schlossen,
Von einem trüben Schein ist er
umflossen;
Sieh, sieh! Nun steht er auf. Er
kommt hierher. —
Bleib' nur, entfliehen können wir
nicht mehr:
So hören wir ihn an, was er wird
sagen.
(Sie ziehen sich etwas zurück.)

Zweiter Auftritt.

Vorige. Sigismund tritt aus dem
Thurme, in Fesseln, und mit Fellen
bekleidet).

Sigismund.

Weh mir! Wie bin ich Aermster zu
beklagen!
O Himmel, deine Hand liegt schwer
auf mir!

Laß mich doch Kunde wenigstens er=
langen,
Welch ein Verbrechen schuldlos ich
an dir
Mit erstem Hauch durch die Geburt
begangen;
Denn keines andern bin ich mir be=
wußt.
Bestrafest du am Menschen nur
so hart
Die große Schuld, daß er gebo=
ren ward?
Wird Alles doch, was lebt und ist,
geboren,
Und hat am Dasein täglich seine Lust.
Zu Schmach und Leiden bin nur ich
erkoren! —
Der Vogel wird belebt im Ei, und
kaum
Bricht er hervor, die buntgeschmück=
ten Glieder
Bedecket noch ein weicher Flaum:
So hebt er prüfend sein Gefieder,
Und kühn, im weiten Himmelsraum,
Streift er dahin mit raschen Flügen;
Nicht kümmert ihn auf seinen frohen
Zügen,
Ob ihm des Nestes Ruhe fehle:
Und ich, begabt mit einer größern
Seele,
Ich soll mich in den Druck der Kette
fügen?
Das Raubthier wird geboren, und
sobald
Das Fell die schön gemalten Flecken,
Gleich einem Sternbild, ihm bedecken,
Verfolgt es frei durch Feld und Wald
Der Beute Spur, auf wilden Zügen
Sucht es in Grausamkeit Vergnügen,
Und nimmer bändigt es ein Zwang:

1*

4

Und ich, bei ungleich edlerm Drang,
Soll sklavisch zahm den Nacken schmie=
gen?
Der Fisch aus Laich und Schlamm
entsprossen,
Treibt in der Fluth, ein Kahn mit
Flossen;
Fast kann ihm die Unendlichkeit nicht
g'nügen,
Die ihm das Meer in seinen Räu=
men weis't,
Und ich, beseelt mit einem freiern
Geist,
Soll in des Kerkers engen Raum
mich fügen? —
Frei strömt das Wasser aus den
Klüften,
Es ziehen frei die Wolken in den
Lüften,
Und aus der Erde dunklem Schacht
Bricht, seiner Bande los, des Feuers
Macht:
Nur der Vulkan, in mir, in mei=
nem Herzen,
Der soll verglühn und mich zu Tode
schmerzen?
Und dieß Gesetz der höchsten Milde,
Das Gott dem Vogel gab, dem
Fisch, dem Wilde,
Ja selbst den blinden Kräften der Natur,
Des freien Wirkens göttlich Recht,
Entrissen ist's dem Menschen nur;
Frei ist, was athmet, ich nur bin
ein Knecht.
          Rosaura.
Unglücklicher! wohl bist du zu be=
klagen!
          Sigismund.
Wer spricht? Wer darf hierher sich
wagen?

Ist es Clotald?
          Clarin (zu Rosaura).
          Ich bitt' euch, sagt doch ja!
          Rosaura.
Ein Unglückseliger, wie du, ist da,
Der seine Klagen mischet mit den
deinen.
          Sigismund.
So magst du deinen Tod beweinen.
Nicht leben darf, wer meinen Jam=
mer sah.
Darum will ich mit diesen nerv'gen
Armen,
Verwegner! dich zerreißen, ohn' Er=
barmen.
               (Er faßt sie an.)
          Clarin
(entflieht gegen den Thurm mit Zeichen
          des Schreckens.)
          Rosaura (knieend).
Bist du ein Mensch, so laß dich
Mitleid rühren.
          Sigismund
          (nach einer Pause).
Dein sanfter Ton bringt mild in
meine Brust,
Ich sehe dich mit nie gefühlter Lust;
Ein Zauber scheint mich plötzlich zu
berühren.
               (Er hebt sie auf.)
Wer bist du? Sprich! So wenig
kenn' ich von der Welt,
Daß dieser Thurm, der mich ge=
fangen hält,
Mir Wieg' und Grab ist, und die
grause Noth
Der Wildniß, wo lebendig todt
Mein welkes Dasein ich verschmachte,
Das ist, was als das Leben ich
betrachte.

Rosaura.

Ein solches Leben — schlimmer ist's
als Tod.

Sigismund.

Nie sah und sprach ich, bis zu dieser
Stunde,
Mehr als den Einen, der von Kind
auf mich bewachte,
Und mir aus Mitleid ein'ge Kunde
Von Erd' und Himmel gab. So
magst du wohl mit Grunde
Ein Thier mich unter Menschen
nennen.
Zwar lernt' ich, elend, wie ich war,
Der Staatskunst Regeln in der Re-
publik
Der Bienen und im Reich des Wildes
kennen,
Und zu den Sternen hob ich meinen
Blick,
Und lernte ihre Namen nennen;
Doch nichts, was ich vor diesem
Tage sah,
Vermochte je zu mildern meinen
Schmerz;
Dein Anschau'n nur erleichtert mir
das Herz;
Ich bin versucht aus deinen holden
Augen
Ein süß Vergessen meiner selbst zu
saugen.

Rosaura.

Erstaunt, betroffen, dich zu sehen
Und zu vernehmen deine Klagen,
Vermag ich kaum ein Wort zu sagen.
Dieß fühl' ich: mir ist Heil ge-
schehen,
Da mich des Himmels Vaterhand
Hieher geführt, wo ich ein Leiden fand,
Noch größer als das meine.

Sigismund.

Bist du der Freiheit denn, wie ich,
beraubt?
Kein andres Elend kenn' ich auf der
Erde.

Rosaura.

Gebeugt von Kummer und Beschwerde,
Hab' ich mein Leid, wie keines, groß
geglaubt;
Doch kleiner däucht mich's, seh' ich
nun das deine.
Darum, wenn die Geschichte meines
Unglücks
Vielleicht auch dir Erleicht'rung schaf-
fen könnte,
So höre sie: Ich bin —

Clotald (im Thurme).

Ihr Wächter dieses Thurms,
Die ihr feigherzig, oder schlafend
Zwei Menschen Eintritt hier gestattet —

Clarin (hervorstürzend).

O weh! nun ist's vorbei! Fort, laß
uns fliehen!

Rosaura.

Was ist's? Wer ruft?

Sigismund.

Clotald, mein Wächter, naht.
Fluch dem Tyrannen!

Clotald.

Kommt herbei und schnell
Ergreift sie, oder tödtet sie, bevor
Sie sich zur Wehre setzen.

Soldaten (im Thurme).

Hochverrath!

Clarin.

Fort! Hört ihr nicht? Sie wollen
uns an's Leben.

Sigismund (zu Rosaura).

Nein, fasse Muth! Bei Gott! ich
schütze dich!

Dritter Auftritt.

(Vorige. Clotald tritt auf, mit gezogenem Schwerte, von Soldaten begleitet, alle mit verhüllten Gesichtern, ihre Wurfspieße auf Rosaura und Clarin gerichtet.)

Clotald

(im Auftreten zu den Soldaten).

Nur die Gesichter gut verhüllt: daß man
Uns nicht erkenne, thut vor Allem Noth.

Clarin.

Was das für Fratzen sind! Uh! wie mir graut!

Clotald (zu Rosaura und Clarin).

Ihr, die ihr unerfahren dieses Orts
Verbot'ne Grenz' und Marken übertreten,
Und eingedrungen wider das Gesetz
In dieser Felsnacht Wunder: übergebt
Schnell Wehr' und Leben; oder Augenblicks
Soll siebenfacher Tod von unsern Spießen
Auf ewig Aug' und Lippen euch verschließen.

Sigismund.

Eh' du, Tyrann, es wagst sie anzufassen,
Will ich mein Leben in den Banden lassen.
Bei Gott! gefesselt will ich mit den Händen,
Ja mit den Zähnen selber mich zerfleischen,
In diesem Felsengrabe will ich sterben,
Eh' ihre Schmach ich duld' und ihr Verderben!

Clotald.

Erkennst du, Sigismund, welch Unglück dich
Betraf, da nach des Himmels strengem Schluß
Du eher starbst, als du geboren warst;
Weißt du, daß dies Gefängniß deiner Wildheit
Ein Zügel ist, und eine feste Schranke,
Zu hemmen deines Hochmuths Raserei,
Wozu die eitle Wuth?

(Zur Wache.)

Führt ihn zurück
In seinen Kerker, und verschließt das Thor.

Sigismund

(indem er abgeführt wird).

O Himmel! schlau hast diese Ketten du
Mir aufgeschmiedet; wär' ich frei, ich würde
Gleich den Giganten Berg' auf Berge thürmen,
Ja dieses Rund, woran die Sterne schimmern,
Die Sonne selbst im Rachedurst zertrümmern!

Clotald.

Dein Toben zeigt's, dir widerfährt dein Recht:
Wer frei nicht sein kann, der nur ist ein Knecht.

(Man bringt Sigismund in den Thurm und verschließt das Thor.)

Vierter Auftritt.

(Clotald. Rosaura. Clarin. Soldaten.)

Rosaura (zu Clotald).

Verschonet, Herr, mein Leben. Nicht mit Stolz,
Mit sanfter Bitte mahn' ich euch, zu thun,
Was eines edlen Mannes würdig ist.

Clotald.

He! Wache!

Soldaten.

Herr!

Clotald.

Entwaffnet Beide, und
Verhüllt ihr Angesicht, daß sie nicht sehn,
Wohin, und wie man sie von dannen führt.

Rosaura (zu Clotald).

Nehmt meinen Degen! Euch allein kann ich
Ihn überlassen, da ihr mir der Erste
Von diesen Allen scheint. Nicht mindrem Ansehn
Demüthigt sich mein Schwert.

Clarin.

Das meinige
Ist nicht so wählerisch. Da nehmt es hin!

(Er giebt seinen Degen einem Soldaten.)

Rosaura.

Und, muß ich sterben, bleibe, mein zu denken,
Euch dieses Pfand, o Herr, nicht klein zu achten
Um deſſen willen, der es ehmals trug.

Es zu bewahren sei euch heil'ge Pflicht;
Denn kenn' ich gleich nicht seinen ganzen Werth,
So ahn' ich doch, daß diese goldne Waffe
Ein groß Geheimniß in sich schließt; dem auch
Allein vertrauend, ich nach Polen kam,
Die Schmach zu rächen, die ich einst erlitt.

Clotald

(den Degen betrachtend, für sich).

Was seh' ich? Darf ich meinen Augen trauen?
Ist's Furcht, ist's Freude, was mich übermannt?
Dieß Schwert — nicht möglich scheint's, und doch —

(Zu Rosaura.)

Sag' an,
Wer gab dir dieses Schwert?

Rosaura.

Ein Weib.

Clotald.

Ihr Name?

Rosaura.

Nicht verrathen darf ich ihn.

Clotald.

Woher nun kannst du wissen oder ahnen,
Daß an dem Schwerte ein Geheimniß haftet?

Rosaura.

Die mir's gegeben, sprach: nach Polen geh'
Und suche dort den Edelsten zu nah'n

Mit dieser Wehr: gewiß wird ihrer Einer
Dir Gunst und Schutz verleihen, lebt er noch.

Clotald (für sich).

Allmächtiger! Ist's Täuschung, ist es Wahrheit?
Dieß Schwert ist's, das ich Violanten einst
In wonnevoller Stunde hinterließ,
Zum Zeichen, daß mich, wer es immer trüge,
Des Glückes jener Stunden eingedenk
Und hilfreich, wie den Vater, finden sollte. —
Es ist mein Sohn! Die Zeichen sagen's; auch
Verräth es mir mein Herz, denn, ihm entgegen
Sich drängend, klopft es an die Brust, und sucht
Durch Thränen einen Ausgang sich zu bahnen. —

Rosaura.

Ihr scheint gerührt. Was ist's, das euch bewegt?

Clotald.

Still, Knabe! (für sich.) Was beginn' ich nun? Zum König
Ihn führen, heißt geleiten ihn zum Tode.
Und kann ich es vermeiden? Muß ich nicht?
(Laut.) Sprich, kanntest du nicht das Gesetz, das Tod
Dem drohet, der sich diesem Umkreis naht?

Rosaura.

Nein, Herr. — Doch welchen Theil nimmst du an mir?
Du wendest dich hinweg?

Clotald (für sich).

Unseliges Geschenk! Was ich zum Schutz ihm ließ, empfang' ich
Als Todesgabe nun von ihm zurück. —
Ein treuer Lehensmann führ' ich ihn jetzt
Zum König: ob vielleicht mir der Monarch
Sein Leben schenkt, für langer Jahre Dienst;
Wo nicht, so sterb' er und erfahre nie,
Daß es sein Vater war, der ihn verdarb.
(Laut.) Folgt mir, Unglückliche, und fürchtet nicht,
Daß eurer Noth es an Genossen mangle;
Denn ich, verworren in mir selbst, weiß kaum,
Ob größ'res Unglück euch, ob mich es traf.   (Alle gehen ab.)

Fünfter Auftritt.

Großer Saal im königlichen Palast. Im Vorgrund ist ein Thron errichtet. Kriegerische Musik. Von der einen Seite erscheint Astolf mit Soldaten, von der andern Estrella mit ihren Damen.

Astolf (Estrella begrüßend).

Der Schönheit neigen sich des Krieges Fahnen,
Sie tritt in ihre Mitte siegbewußt;
Wo sie erscheint, da ebnen sich die Bahnen,

Dem Kampfe folgt des Friedens
heitre Luft.
Euch grüßt Astolf mit diesen Sieges=
tönen,
Estrella, euch, die Königin der
Schönen.

Estrella.

Ihr schmeichelt, Prinz, und denkt
mich zu bethören;
Doch übel stimmt die Rede zu der
That.
Spart eure Kunst! Uns täuscht nicht,
was wir hören,
Denn was wir sehn, zeigt deutlich
den Verrath.
In stolzem Kriegszug naht ihr die=
sem Throne,
Und bald besteigt ihr ihn, dem Recht
zum Hohne.

Astolf.

Prinzessin, ungerecht ist der Ver=
dacht,
Fremd meinem Willen, so wie mei=
ner Ehre,
Den gegen mich die Bosheit an=
gefacht;
Darum vergönnt, daß ich mich ganz
erkläre.

Estrella.

So sprecht.

Astolf.

Die Krone Polens fiel,
Ihr wißt es, Fürstin, nach dem
Sterben
Eustorg's, deß Stamms und Na=
mens Erben
Wir Beide sind, an seinen Sohn
Basil,
Den Bruder unsrer Mütter. Grö=
ßern Ruhm

An milder Weisheit und an Hel=
denthum,
Erwarb kein König noch in diesem
Lande,
Als unser edler Ohm. Doch nah'
am Rande
Des Grabes fühlt er seine Kraft
ermatten,
Und seine Größe neigt sich zu den
Schatten.
Der Wissenschaft in seinem ganzen
Leben
Mehr als den Frauen, wie man
weiß, ergeben,
Hat er, ihn zu beerben, keinen Sohn;
Wir Beide sind es, die auf seinen
Thron
Fast gleichen Anspruch nun erheben.

Estrella.

Nicht eben gleichen, wie ich sagen
kann.

Astolf.

Wohl rühmt ihr euch der ältern
Schwester Kind;
Ich bin nur Sohn der jüngern:
doch gewinnt
Vielleicht den Vorzug hier der Mann.

Estrella.

Der Mann! So zeigt ihr doch, wie
ihr gesinnt.

Astolf.

Erlaubt mir! Eure Rechte und die
meinen,
Wir legten Beide sie dem Oheim vor.
Er ist es, der, bedacht uns zu ver=
einen,
Mit weiser Vorsicht diesen Tag erkor,
An welchem wir vor ihm erscheinen.
Von Moskau eilt' ich seinem Wunsch
entgegen;

Und bin nun hier, mit glühendem
Verlangen,
Nicht Krieg euch, hohe Fürstin, zu
erregen,
Nein, ihn von euern Reizen zu em=
pfangen.

Estrella.

Ihr scherzet, Prinz!

Astolf.

Glaubt mir, ich rede wahr!
Des Herzens Huldigung bring' ich
euch dar:
Der Wunsch des Volkes ist es, und
der meine,
Daß mit Astolf Estrella sich vereine.
Empfangt des Reiches, wie der Liebe
Krone,
Und, wie in mir, so herrscht auf
diesem Throne.

Estrella.

Wer könnte solchem Werben wider=
streben!
Vernehmt denn, daß ich selber die=
sen Thron
Nur wünsche, um ihn euch zu über=
geben. —
Doch möcht' ich Undank mir, nicht
einst zum Lohn,
Euch in der Zukunft Reue nicht be=
reiten;
Gern möcht' ich glauben, daß ihr's
redlich meint:
Allein, verzeiht mir! euren Schwü=
ren scheint
Dieß Bild an eurer Brust zu
widerstreiten.

Astolf.

Genüge soll euch, hoff' ich, ganz
geschehn.

Doch schon sieht man die Fahne
ringsum wehn,
Und höret der Trompeten Ruf er=
schallen:
Der König naht sich mit des Reichs
Vasallen.

Sechster Auftritt.

Kriegsmarsch. Der König tritt au
mit Gefolge.

(Vorige. Der Zug umgeht das Theater
und hält an dem Throne, welchen de
König besteigt. Eine kurze Stille, dan
nähern sich Astolf und Estrella dem
Throne.)

Estrella.

Ruhmwürd'ger König!

Astolf.

Mein erlauchter Oheim!

Estrella.

Vergönne, daß wir deinem Thron
uns nahen —

Astolf.

Und deine Kniee ehrfurchtsvoll um=
fahen.

König (sie aufhebend).

Umarmt mich, Kinder! und empfang
den Dank
Für euren pflichtergeb'nen, treuen
Sinn
In dem Vertrauen, das ich nur
euch zeige.
Und so, da mich der schwere Druck
der Jahre
Ermahnt, des Lebens Rechnung ab=
zuschließen,
Vernehmet, was ich jetzt euch offen=
bare. —

(Er setzt sich auf den Thron. Astolf
und Estrella etwas niedriger unter
ihm.)

Kund ist euch, werthe Schwester=
kinder, und

Euch, Vettern, Freunde, treue Lehens=
diener,

Daß ich den Ruf und Namen eines
Weisen

Vor allem stets geachtet auf der
Erde,

Und daß ich jener hohen Wissen=
schaft

Mich zugewandt, die uns des Lebens
Irrsal

Verstehen lehrt im Lauf der ew'gen
Sterne.

Untrüglich scheint die Kunst, und
wem sie eigen,

Dem ist das Buch des Schicksals
aufgethan,

Worin des Menschen Thun und
Leiden, Gutes

Sowohl als Schlimmes, aufgezeich=
net steht

Mit Demantschrift, auf Blättern von
Azur. —

Unselig Wissen, trauervolle Kunst!

Wenn sie uns kennen lehrt den eig=
nen Unstern,

Den keine Macht der Erde weiß zu
wenden! —

Nun höret! Clorilene, meine Gat=
tin,

Ward Mutter eines Sohnes,

Bei deß Geburt an Wunderzeichen
sich

Der Himmel zu erschöpfen schien.
(Bewegungen am Thron und unter'm
Volke.)

König
(winkt, eine kurze Stille).

Noch eh'
An's Licht er trat aus dem lebend'=
gen Grab

Des Leibes, sah die Mutter — ach
wie oft!

In ihrer Träume dunklen Phan=
tasien,

Ein Ungeheuer menschlicher Gestalt

Mit wilder Kühnheit ihren Schooß
durchbrechen,

Und, gleich der Viper, mit der Mut=
ter Blut

Gefärbt, den Tod ihr bringen. Und
dieß war

Des Kindes Horoskop: Bluttriefend
trat

Die Sonne mit dem Mond in hei=
ßen Kampf;

Getrennt durch unsern Erdball, strit=
ten gräßlich

Die zwei Gestirne, mit der vollen
Kraft

Des Lichtes. Keine größere Ver=
finst'rung

Hat je die Sonn' erlitten. Flam=
men strömten

Hernieder auf die Erde, Städt' und
Burgen

Erbebten, düstre Nacht umfing den
Himmel,

Steinregen prasselt aus der Wolken
Schooß,

Und roth von Blut sieht man die
Ströme fließen.

Und während so die Sonn' in Tob=
suchtkrämpfen,

Im Wahnsinnsfieber lag,

Ward Sigismund — dieß war des
Kindes Name —
Geboren, der, zum Zeichen seines
Sinns,
Die Mutter tödtete in der Geburt, —
Wie ihr's der Geist gezeigt in ihren
Träumen; —
Als wollt' er sagen durch die That
des Grimms:
Ich bin ein Mensch, mit Bösem zu
vergelten
Das Gute, ist deßhalb mein erst
Beginnen.

(Pause.)

Astolf

(macht eine Bewegung, um zu reden.)

König (winkt wieder).

Die Wissenschaft befragend, — sah
ich klar,
Es sei in Sigismund der Sterb=
lichen
Verwegenster, der grausamste der
Fürsten
Erschienen, und sein Reich werd'
einst durch ihn
Uneins, zerrissen von Parteien,
Furchtbarer Gräuel Schauplatz wer=
den; ja
Von Wuth getrieben, werd' am Va=
ter selbst
Er sich vergreifen, und ich werde
mich —
Schmachvoller Anblick! — über=
wunden, vor
Ihm knieen sehn, mit meines Haup=
tes Haaren
Zum Teppich seinen Füßen dienend. —
(Stärkere Bewegungen unter den
Umstehenden.)

König (erhebt sich).

Hört! —
Ich also, trauend den prophet'schen
Zeichen,
Beschloß, das kaum geborne Unge=
heuer
Fest einzuschließen, um zu sehen, ob
Die Klugheit nicht den Sternen
mag gebieten.
Es ward verbreitet, todtgeboren sei
Der Prinz. — Aus Vorsicht war
schon früher, fern
In des Gebirges Klüften, jener
Thurm
Errichtet, der des Landes Wun=
der ist.
Ein streng Gesetz — ihr kennt es
— untersagt
Bei Todesstrafe Jedem, des Ge=
birgs
Rings abgeschloss'ne Gegend zu be=
treten.
Dort lebt nun Sigismund sein trau=
rig Leben,
Arm, einsam, elend, in des Kerkers
Tiefen,
Wo Keiner, als Clotald, ihn jemals
sprach,
Noch sah. Der ist's, der ihn in
Wissenschaften
Und in des Glaubens Lehren unter=
richtet;
Denn keinen Zeugen hatte sonst sein
Elend.

(Allgemeine Stille.)

Der König (setzt sich wieder).

Astolf.

Mein König, dieses wundersame
Wort
Aus deinem Munde —

König.

Unterbrecht mich nicht!
Vernommen habt ihr, was geschah, und was,
Zur Sicherheit des Reichs und meiner selbst,
Vor langer Zeit ich that. Nun läug'n ich nicht,
Es haben schwere Zweifel sich in mir
Erhoben: ob ich auch nach Pflicht und Liebe
Dem eignen Kind ein Recht entwenden durfte,
Das Gottes und der Menschen Satzungen
Ihm gaben; denn, da kein Gesetz gebietet,
Daß, Andere vor Tyrannei zu schützen,
Ich selbst Tyrann sei, — wie an meinem Sohn
Ich's wirklich war, — so — fürcht' ich, einen Frevel
Verübt zu haben, bloß aus Furcht vor Freveln.
Und ein Gedanke, den ich nie gedacht,
Hat wunderbar die Seele mir ergriffen:
Ob ich den Zeichen nicht zu viel vertraut?
Denn ob den Menschen auch sein inn'rer Hang
Hinziehet zum Verderben, so vermag
Er doch zu widerstehn; weil die Gelüste
In uns, und über uns die Sterne, zwar

Den Willen lenken, doch ihn nicht bezwingen.
Also nun denkend, hab' ein Mittel ich
Ersonnen, der Gestirne Rath zu prüfen
Und meines Sohns tiefinnerstes Gemüth.
Am nächsten Morgen soll Prinz Sigismund
In dieser königlichen Burg sich finden,
Umgeben von des Thrones Majestät;
Besitz soll er von meinem Scepter nehmen,
Und euch gebieten, frei nach seinem Willen.
In tiefer Demuth soll ihm Jeder nah'n,
Als seinem Herrn und angebornen Fürsten.
Zeigt Sigismund sich klug, gerecht und milde,
Und straft er so die Prophezeiung Lügen,
Die solche Gräuelthaten Schuld ihm gab:
Dann sollt ihr euren angestammten König
In ihm besitzen, der ein Höfling war
Des Berges, und ein Nachbar wilder Thiere.
Doch, wenn er stolz, verwegen, eigenwillig,
Dem Trieb zum Bösen Raum und Zügel läßt:
Dann werd' ich schnell den Scepter ihm entreißen,
Und ihn zurück in seinen Kerker weisen;

Gerecht, nicht grausam war sein
  Schicksal dann.
Und euch, Vasallen, werd' ich andre
  Herrscher
Sofort verleih'n, des Thrones wür=
  diger, —
Hier meine Schwesterkinder, die,
  wenn erst
Ihr Anspruch eins ist durch der
  Ehe Band,
Der Lohn erwartet aus des Königs
  Hand.
      (Er steht auf.)
        Astolf.
Wenn mir die Antwort ziemt —
  und Keines Recht
Und Vortheil ist hierin, wie mein's,
  verflochten, —
So fordre ich im Namen dieser
  Aller,
Daß Sigismund erscheine, Herr;
  genug,
Daß er dein Sohn ist, und wir
  nun ihn kennen.
       Estrella.
So denk' auch ich, und meinen
  Wunsch vereine
Ich mit des Herzogs Meinung.
      Ein Großer.
          So auch ich!
      Ein Anderer.
Und ich!
      Ein Dritter.
Wir Alle! Gieb ihn uns zum König!
      Das Volk.
Ja, unser König sei Prinz Sigis=
  mund!
       König.
Mit Dank erkenn' ich eure gute
  Meinung,

Vasallen! Ihr verlangt nur, was
  ich selbst
Gewünscht. — Den Prinzen soll
  ihr morgen sehn. —
Ihr seid entlassen. — Führt dies
  hohe Paar
In den Palast.
       Alle.
    Heil! Heil dir, großer König!
(Der Hof entfernt sich mit Estrella und
Astolf. Indessen ist Clotald mit Ro=
saura und Clarin hereingetreten. Astolf
wird von Rosaura erkannt, da er an
ihr vorbeigeht, sie verräth ihre Be=
stürzung. Der König bleibt mit einem
kleinen Gefolge.)

   Siebenter Auftritt.

(Der König. Clotald. Rosaura.
    Clarin. Gefolge.)

    Clotald (zum König).
Darf ich dir nahen?
       König.
     Ah, Clotald! Sei mir
Willkommen, wie du's immer bist.
       Clotald.
            Wenn sonst
Für treuen Dienst ich Gnade vor
  dir fand,
So laß, o Herr! sie heute mich er=
  fahren.
       König.
Was ist geschehn?
      Clotald.
     Ein Unglück, hoher Herr,
Das, wenn du Gnade übst, in
  Freude schnell
Sich mir verwandeln wird.

König.

Sprich!

Clotald.

Dieser Jüngling
hat unvorsicht'gen Muths sich je=
nem Thurm
genähert, und den Prinzen dort
erblickt.
Nun ist —

König.

Getrost, Clotald! In andrer Zeit
Mocht' Unheil dieser kecke Muth
ihm bringen.
Doch was er sah, ist kein Geheim=
niß mehr;
ich selber hab' es heute kund ge=
geben.
Mehr sollst du dann sogleich erfah=
ren, Freund,
Denn ich bedarf vor Allem deiner
Treu'
und Klugheit jetzt, zu dem, was ich
beschloß.
Die Fremden hier, — auf daß der
Sorg' um sie
Du gleich enthoben seist, — sie sind
begnadigt.
(Er geht ab mit dem Gefolge.)

Clotald.

Heil, großer König, dir! Heil jetzt
und immer!

Achter Auftritt.

(Vorige, ohne den König.)

Clotald (für sich).

Dank dem Geschick! er ist gerettet,
doch

Daß er mein Sohn ist, darf er
noch nicht wissen.
Weiß ich doch nicht, ob er's zu sein
verdient.
Von einem Schimpf nannt' er sich
selbst befleckt.
(Laut.)
Ihr Fremblinge, nun, ihr seid frei.

Rosaura.

Das Leben
Erhieltst du mir; dir weih' ich es
fortan.

Clotald.

Mit nichten ist, was ich dir gab,
ein Leben.
Ein edler Mann lebt nicht, ist er
beschimpft.
Kamst du hierher, wie du mir selbst
berichtet,
Zu rächen eine Schmach, die du
erlitten,
So sage nicht, du lebst; ein ehr=
los Leben
Ist keines. (Für sich.) Zeigen muß
sich jetzt sein Muth.

Rosaura.

Die Rache, Herr, soll meiner Ehre
Glanz
So strahlend bald auf's neu' er=
höhen, daß
Dieß Leben darf als dein Geschenk
erscheinen.

Clotald
(ihr den Degen zurück gebend).

Nicht unwerth scheinst du ritterlichen
Schmucks.
So nimm den Degen wieder, den
du trugst;
Wohl weiß ich, er genügt, um dich
zu rächen.

Rosaura.

Aus würd'ger Hand empfang' ich
    ihn zurück,
Und auf ihn schwör' ich Rache nun,
    wär' auch,
Der mich beschimpft, noch mächt'ger
    als er ist.

Clotald.

So mächtig ist er?

Rosaura.

              Mächt'ger, als ich wage
Dir zu gestehn, aus Furcht, es
    möchte schnell
Mir deine Gunst in Unmuth sich
    verkehren.

Clotald.

Wer es auch sei, ich will es, nenn'
    ihn mir.

Rosaura.

Vernimm denn: kein Geringrer, als
    Astolf,
Der Fürst von Moskau, ist mein
    Feind.

Clotald (für sich).

              Weh mir!
Noch schlimmer ist es, als was ich
    besorgt.
Die Schmach ist sicher, doch die
    Rache nicht.

(Laut.)

Bist du ein Moskowite von Geburt,
So war's dein Fürst, der kann dich
    nicht beschimpfen.
Kehr' heim in's Vaterland und un-
    terbrücke
Die Rachbegier, die du nicht stillen
    darfst.

Rosaura.

Wenn gleich mein Fürst, konnt' er
    mich doch beschimpfen.

Clotald.

Nein, sag' ich, hätt' er auch -
    entsetzlich ist's! —
Dein Angesicht mit frecher Har
    berührt.

Rosaura.

Noch größre Schmach hab' ich dur
    ihn erduldet.

Clotald.

Sag' an, was ist's? Nichts Aerg
    res sprichst du aus,
Als ich befürchte.

Rosaura.

              Sagen möchte ich's
Doch so voll Ehrfurcht blick' ich au
    zu dir,
So innig rühret mich dein milde
    Ernst,
Daß ich erröthe dir zu sagen: Die
Gewand, das mich umhüllt, es se
    ein Räthsel,
Den lügend, der es trägt.   Nu
    richte, Herr!
Wenn ich nicht, was ich scheine
    bin, und wenn
Astolf Estrella sich vermählet? ob
Er mich beleid'gen kann? — Genu
    verrieth ich.

(Ab mit Clarin.

Neunter Auftritt.

Clotald (allein).

O höre! warte doch! verweile! —
    Fort
Ist sie, und zweifelnd steh' ich, ob'
    ein Wahn,
Ob's Wahrheit sei, was ich vernom
    men habe.

Unselig Irrgewinde des Geschicks,
Wie hast du schlau umstrickend mich
  gelähmt!
Tief bin an Ehr' und Leben ich
  gekränkt,
Ein Mächt'ger ist's, ein Fürst, der
  uns beschimpft;
Ich bin Vasall, und, o! sie ist ein
  Weib!
Zeig' einen Weg mir, Himmel,
  wenn du kannst!
Was ich an Violanten selbst ver=
  brach,
Es rächt an mir sich durch der Toch=
  ter Schmach.
So muß zur Frucht des Bösen
  Same werden,
Und keine Schuld bleibt ungestraft
  auf Erden!

(Geht ab.)

Zweiter Akt.

Saal im königlichen Palast.

Erster Auftritt.

Der König und Clotald treten auf.)

Clotald.

Wie du befahlst, ward Alles aus=
  gerichtet.

König.

Erzähle mir, Clotald, wie es geschah.

Clotald.

Mit jenem Schlummertrank, den du,
  o Herr,
Mir für den Prinzen Sigismund
  gegeben,

Stieg ich hinab in seinen Kerker=
  thurm
Und sprach mit ihm, so wie ich sonst
  gethan,
Von der Natur und ihren hohen
  Wundern,
Die in der Einsamkeit er kennen
  lernte.
Um seinen Geist auf deinen großen
  Plan
Vorzubereiten, lenkt' ich dann die
  Rede
Auf einen Gegenstand verwandter
  Art:
Den hohen Sinn des königlichen
  Adlers,
Der stolz, des Windes niedre Bahn
  verschmähend,
Sich aufschwingt mit gewalt'gem
  Flügelschlag,
Ein Blitz von Federn, zu des Feuers
  Sphären.
Und preisend seinen kühnen Flug,
  bemerkt' ich:
„In Wahrheit sei er aller Vögel
  Herrscher,
Drum sei es recht, daß alle auch
  ihm dienen.“
Mehr braucht' es nicht, den Ehr=
  geiz Sigismunds
Schnell aufzuregen; denn es treibt
  gewaltsam
Zu allen großen Dingen ihn sein
  Blut;
Und also sprach er: „Giebt's im
  Reich der Luft
Auch Wesen, die sich andern unter=
  werfen
Aus eignem Antrieb? Somit bin
  ich edler,

Denn nur der Zwang macht Sigis=
mund zum Knechte."
Da so entflammt ich nun ihn sah,
bot ich
Ihm jenen Trank, und kaum daß
er getrunken,
Umfing ihn tiefer Schlaf, gleich dem
des Todes.
So ward dein Sohn hieher gebracht,
und in
Dein königliches Bett, wo ihn die
Hoheit
Und Pracht des Throns umgiebt,
wie du befahlst.

König.

Klug hast du es vollführt, nach
meinem Wunsch.
Nun höre, was ich sinne. Herr=
schen soll
Mein Sohn, wenn er den wilden
Trieb bezwingt.
Doch zeigt er grausam sich und als
Tyrann,
So send' ich ihn zurück in seinen
Thurm.
Und daß er nicht sich der Verzweif=
lung ganz
Ergebe, wenn er nun auf's neue sich
In Ketten sieht, der Hoheit und
des Glücks
Beraubt, die ihn umgaben, soll er
glauben,
Ein Traum nur sei's, was
er hier sah und hörte;
Daß er geträumt, mag er sich
tröstend sagen,
Und nicht mit Unrecht wird er also
denken;
Denn dieses Leben selbst, Clo=
tald, ist Traum.

Clotald.

Ein unwillkürlich Grau'n befällt m
Herr!
Gefährlich scheint mir, was du
ternommen;
Doch keinen Ausweg seh' ich me
und Alles
Verkündigt schon, es sei der Pr
erwacht
Und werde gleich uns nah'n.

König.

Ich meid' ihn no
Zuerst tritt du, sein Führer, i
entgegen,
Ihn zu befrei'n von aller der Ve
wirrung,
Die seinen Sinn umdämmert, dur
das Licht
Der Wahrheit.

Clotald.

Also willst du, daß ich tr
Ihm Alles sage?

König.

Ja, die Wahrheit m
Kann sein Gemüth uns völlig offe
baren. (Geht ab.)

Zweiter Auftritt.

(Clotald, hernach Clarin.)

Clotald (allein).

Du guter König! nur wer imm
that,
Was Recht ist, kann in Allem wah
haft sein.
Vom Argen führt kein durchaus g
der Weg
Zurück zum Guten. — So m
ich mein Kind,

Beil ich's verläugnet, auch noch jetzt der Welt
Und sich verbergen, wenn ich's retten will. —
Doch wie? Ist das Clarin, ihr Diener, nicht?
Was giebt es, Freund?

Clarin (tritt auf).
Ein Mädchen giebt's nun wieder,
Statt eines jungen Herrn. Mein Ritter hat
Den Degen abgelegt, und geht gar zierlich
Einher in Frauenkleidern.

Clotald.
So befahl
Ich ihr zu thun.

Clarin.
Ganz wohl! Doch eure Nichte
Iströa, wie ihr nun mein Fräulein nennt,
Ist zwar kein Herr, doch eine große Dame
Zu dieser Frist, und an Estrella's Hof
Bewirthet und verehrt wie eine Fürstin.
Doch sagt, was ist Clarin? Nach dem fragt Niemand,
Nicht einmal, ob er Hunger hat. Wie nun?

Clotald.
Das wird sich finden, Narr! Indeß bleib' hier.

Clarin.
Nun wohl! Doch seht, da kommt der Prinz. Wie sieht
Er doch so stattlich aus! Da merkt man gleich,

Daß er geboren ist zu Kron' und Reich.

Dritter Auftritt.

(Musik und Gesang.)

(Sigismund tritt auf in sichtbarem Erstaunen, von mehreren Kammerherren und Dienern umgeben, die ihm Kleinodien und Kleidungsstücke reichen. Vorige.)

Sigismund.
Was läßt du, Himmel, hier mich schauen?
Was ist es, das mit frohem Schrecken
Die scheuen Blicke rings umher entdecken?
Nur zweifelnd kann ich meinen Sinnen trauen.
Bin ich es, der auf jenem Bett erwacht',
Umstrahlt von fürstlichem Gepränge?
Ich, den der Diener frohe Menge
Zu schmücken sucht mit königlicher Pracht?
Bin ich's? Bin ich nicht Sigismund?
Kein Traum ist's, denn mein Wachen ist mir kund.
Wie denn geschah es, daß ich dieß erlebte?
Welch Wunder hat, indeß die blinde Nacht
Des Schlummers meinen Geist umschwebte,
Aus meinem Grabe mich an diesen Ort gebracht? —
Doch Zweifeln mag und Denken hier nicht frommen;

Geschehen ist's, kann ich es auch
  nicht fassen.
Der Gegenwart will ich mich überlassen,
Und was da kommen soll, mag
  kommen.

Erster Kammerherr
(zum zweiten).

Geh' hin und red' ihn an.

Zweiter Kammerherr.

          Herr! soll man wieder
Mit der Musik beginnen?

Sigismund.

          Nein, o nein;
Es ist genug.

Erster Kammerherr.

          Gefällig dir zu sein,
Dich zu erheitern weckt' ich diese
  Lieder.

Sigismund.

Umsonst. Solch weichlich-schmelzen-
  der Gesang
Kann meinen Sinnen keine Lust
  verschaffen;
Des rauhen Kriegs Musik, Geklirr
  der Waffen,
Das nur ist meinem Ohre süßer
  Klang.

Clotald
(sich Sigismund nähernd).

Der erste bin ich deiner treuen
  Knechte,
Der sich dir naht in deiner Herr-
  lichkeit,
Und seine Huldigung, o Herr, dir
  weiht,
Drum reiche mir zum Kuß die hohe
  Rechte.

Sigismund (für sich).

Ist dieß Clotald? Clotald, der mi
  zuvor
In jenem Kerkerthurm so hart b
  handelt?
In Ehrfurcht scheint er jetzt ga
  umgewandelt. —
Wie faß' ich's? Himmel! was ge
  mit mir vor?

Clotald.

Erstaunen zeigst du, Herr, in Wo
  und in Geberde,
Von solchem Umschwung bist du w
  berauscht,
Da plötzlich du den höchsten Glan
  der Erde
Mit ihrer tiefsten Schmach ver-
  tauscht. —
Damit es Licht in deiner Seele werde,
So wisse, daß du Polens Erbe bist. —
Daß dir's verborgen blieb bis die-
  sen Augenblick,
Wie du der Welt, mein hoher Prinz,
  das ist
Die Schuld von einem feindlichen
  Geschick,
Das furchtbar unerhörte Dinge
Dir selbst und diesem Reiche pro-
  phezeit,
Wenn deine Stirn die Krone je um-
  finge.
Doch ändert sich dies schwere Schic-
  sal heut'.
Die Hoffnung nährt man, daß de
  Sterne Wuth,
Mein edler Prinz, dir werde unte
  liegen;
Denn es vermag ein weiser Mu
Die Strenge des Geschickes zu b
  siegen.

Darum wardst du in dunkel stiller
   Nacht,
Indeß du noch in tiefem Schlum=
   mer webtest,
Aus jenem Thurme, wo du lebtest,
Hierher in den Palast gebracht. —
Bald wird der Fürst, dein Vater,
   zu dir eilen,
Um Kunde dir von Allem zu er=
   theilen.
Sigismund.
Verräther, was bedarf ich weitrer
   Kunde,
Da nun mir kund ist, wer ich bin? —
Ja, zeigen will ich meinen Sinn
Und meine Macht, noch diese Stunde.
Verrathen hast du deines Vater=
   landes
Gesetz und Wohlfahrt, da du mei=
   nes Standes,
Mir selber mich verhehlend, mich be=
   raubt. —
Clotald.
Weh mir!
Sigismund.
Des Reichs Gesetz hast du betrogen,
Frech deinen königlichen Herrn be=
   logen,
Der dir mit Kindessinn geglaubt.
Drum, Sklave, treffe dich Verderben!
Von meiner Hand sollst du dafür
   nun sterben!
   (Er will ihn anfallen.)
Erster Kammerherr
   (ihn abhaltend).
Herr!
Sigismund.
   Keiner hindre mich! Gelingen
Wird es euch allen nicht. — So
   wahr Gott lebt!

Ein Jeder, der mir tollkühn wider=
   strebt,
Soll flugs aus diesem Fenster springen.
Erster Kammerherr.
Entflieh, Clotald!
Clotald.
      O wehe dir,
Der du vor Hochmuth wüthend
   schäumest,
Und nicht erkennst, daß du nur
   träumest! —
      (Geht ab).

Vierter Auftritt.
(Vorige, ohne Clotald).

Erster Kammerherr
(zu Sigismund).
Herr, überlege —
Sigismund.
      Fort von hier!
Erster Kammerherr.
Bedenke, seinem König fügt er sich.
Sigismund.
Befahl der König wider Recht,
So that er, sich zu fügen, schlecht. —
Sein Herr und Fürst war ich.
Clarin.
Gar trefflich redet unser Herr,
Und unverzeihlich handelt ihr.
Erster Kammerherr.
Sprich, wer gab diese Freiheit dir?
Clarin.
Ei nun, ich nahm sie eben.
Sigismund.
        Wer
Bist du? Gieb Antwort!
Clarin.
      Herr, ein Naseweis,

Der drolligste von allen Gecken,
Und solch ein Hans=in=allen=Ecken,
Wie keinen sonst die Welt mehr
   weiß!

Sigismund.

Du nur gefällst mir hier von die=
   sen Allen.
Bleib' mir zur Seite; Keinem sollst
   du weichen.

Clarin.

O Herr, gar großes Wohlgefallen
Hat auch Clarin an Prinzen deines=
   gleichen.

Fünfter Auftritt.

(Vorige. Astolf.)

Astolf (den Sigismund begrüßend).
Heil sei dem Tage, Prinz, wo, gleich
   der Sonne,
Ihr eure Hoheit diesem Reich ent=
   hüllt!
Die Großen, wie das Volk, seh'n
   ihn mit Wonne,
Denn unsern höchsten Wunsch hat
   er erfüllt.
Auch euch beglück' er, wie er uns
   beglückt,
Und weil das Diadem von Polen
So spät erst eure Stirne schmückt,
Bewahrt es um so länger.
      (Er bedeckt sich).

Sigismund.

        Gott befohlen!
Astolf (nach einer Pause).
Nur daß ihr, Prinz, vielleicht mich
   nicht gekannt,
Mag dem Empfang Entschuldigung
   gewähren.

Wißt, Moskau's Fürst, Astolf bin
   ich genannt,
Und euern Vetter mögt ihr in mir
   ehren.

Sigismund.

Nun, weil ihr denn, so unverhohlen
Euch brüstend, meinen Gruß ver=
   schmäht,
So sag' ich, wenn ihr je mich wie=
   der seht,
In Zukunft gar: Gott nicht befohlen!

Erster Kammerherr.

Der Hof, Herr, ist nicht euer Berg=
   revier;
Mehr Achtung ziemt dem Herzog
   Moskau's hier.

Sigismund.

Verdrossen hat es mich, wie er vorher
So trotzig solcher Rede sich erfrecht
Und dreist sogleich sein Haupt be=
   deckte.

Erster Kammerherr.

Prinz! Er ist vornehm.

Sigismund.

      Ich bin es noch mehr.

Erster Kammerherr.

Bei alle dem scheint es doch gut,
Daß ihr den Herzog höher ehret,
Als jeden Andern.

Sigismund.

      Was gewährt
Euch gegen mich so frechen Ueber=
   muth?

Sechster Auftritt.

(Vorige. Estrella.)

Estrella.

Prinz! Eure Hoheit sei willkommen
Zu Glück und Heil auf diesem Thron!

Der jetzt, als seiner langen Sehn=
sucht Lohn,
Den angebornen Herrscher aufge=
nommen.
Mög' euch, o Prinz, zu vielen Ruh=
mesjahren
Der Himmel diesen Herrschersitz be=
wahren!

   Sigismund (zu Clarin).

Ha! Wer ist diese Schönheit?
Sprich!
Die hier in menschlicher Gestalt
Uebt einer Göttin Vorrecht und
Gewalt?
Der Himmel scheint zu ihren Fü=
ßen sich
Herab zu senken, hold und won=
niglich.

   Clarin.

Estrella, deine Muhm', ist dieser
Stern.

   Sigismund (zu Estrella).

Glück lächelt mir dein Glück=
wunsch, schöner Stern!
Vor dem der Glanz der Himmels=
lichter dunkelt,
Und selbst die Sonne weicht, wenn
er im Osten funkelt.
Laß mich sie küssen, diese zarte
Hand,
Woraus der Tag mit gier'gen
Strahlen
Die Klarheit trinket, wie aus Schnee=
pokalen.

   Estrella.

Früh lernt ihr schmeicheln, Prinz,
und uns beschämen.

   Astolf (für sich).

Mein Tod ist's, reicht sie willig
ihm die Hand!

   Erster Kammerherr (für sich).

Es kränkt den Herzog.

   (Laut zu Sigismund.)

      Herr, nicht recht
Scheint's, solche Freiheit sich zu neh=
men.

   Sigismund.

Weß unterfängst du dich, verwegner
Knecht?
Willst du mich hindern? — Hielt
ich kaum
Die freche Zunge doch im Zaum.

   Erster Kammerherr.

Was Recht ist, sag' ich; And'res
nicht.

   Sigismund.

Entgegen bist du meinem Thun und
Trachten;
Was mir verhaßt, kann ich für Recht
nicht achten.

   Erster Kammerherr.

Du sagtest selbst: nur in gerechten
Dingen
Muß einer Dienst und Folge leisten.

   Sigismund.

Ich sagt' auch, daß für solch Er=
dreisten
Ein Jeder sollt' aus jenem Fenster
springen.

   Erster Kammerherr.

Herr, einem Manne von Gewicht
Kann dieses nicht geschehen.

   Sigismund.

       Nicht?
Nun denn, bei Gott, ich will's voll=
bringen!
(Er faßt ihn in die Arme und trägt ihn
hinaus. Die Andern außer Astolf und
Estrella folgen ihm, und kommen her=
nach mit ihm zurück.)

Siebenter Auftritt.

(Aftolf und Eftrella. Gleich darauf Sigismund und Gefolge.)

Aftolf.

Gott! welchen Frevel muß ich fehen!

Eftrella.

Eilt Alle! Eilet, wehrt ihn ab!
(Geht ab).

Sigismund (zurückkommend).

Hoch vom Altan in's Meer hinab
Stürzt' er; fo konnt' es doch ge=
schehen!

Aftolf.

Wählt künftig besser Ort und Zeit
Zu solchen furchtbar wilden Thaten;
Bedenkt, daß ihr nicht unter Thie=
ren seid,
Und laßt zu milderm Sinn euch
rathen.

Sigismund.

Und sollte Prinz Aftolf es künftig
wagen,
So rauhen Ton zu feinem Rath zu
wählen,
So denkt: es könnte leicht der Kopf
ihm fehlen,
Den Hut darauf hinweg zu tragen.
Aftolf (geht ab).

Achter Auftritt.

(Vorige, ohne Aftolf. Der König.)

König.

Was giebt es hier?

Sigismund.

Nichts, oder wenig.
Nur Einen, der mir allzusehr
Beschwerlich war, ftürzt' ich in's
Meer.

Clarin (leise zu Sigismund).

Nimm dich in Acht, dies ist der
König.

König.

Ha, kaum gelöf't von deiner Kette,
Und schon zum Mörder wardst du
hier?

Sigismund.

Ei nun, er wettete mit mir,
Und meine Kraft gewann die Wette.

König.

So hofft' ich denn umsonst, es werde
dir gelingen,
Den wilden Trieb im Busen zu
bezwingen?
Unseliger! die erste That
Auf deiner Freiheit kaum betret'nem
Pfad,
Sie ist ein Mord? — Kann ich
noch mit Verlangen
Den Armen nah'n, die schon
Den Unterricht im Mord empfan=
gen?
Wer kann den Dolch, befleckt
Vom Blute, furchtlos schauen?
Und wer betritt die Stätte ohne
Grauen,
Die noch des frischen Mordes Spu=
ren trägt? —
So sehr mich's drängt, dich zu um=
schlingen
Mit diesen Armen, wie mit Liebes=
netzen:
Ich wage nun nicht mehr, es zu
vollbringen,
Denn deine Arme machen mir Ent=
setzen.

Sigismund.

Entbehren kann ich die Umarmung,
Mußt' ich sie ja entbehren auch bisher.
Ein Vater, wahrlich, der sich selbst
    so sehr
Entäußert hat von Liebe und Er-
    barmung,
Daß mich sein Herz, in Stein ver-
    wandelt,
Geboren kaum von seiner Seite reißt,
Der als ein Ungeheuer mich behan-
    delt,
Gesetzlos mich zum Thier erziehen
    heißt,
Und mich zu einem Tod voll Schmach
    bestimmt:
Ein solcher Vater mag mir die Um-
    armung weigern;
Nur wenig kann's mein Elend steigern,
Da er der Menschheit Recht mir nimmt.

König.

O, wär' ich doch, um meinem Sohn
Dieß Recht zu geben, nicht gekommen,
Daß ich gesehen nicht, und nicht
    vernommen,
Sein frech Erkühnen, seinen Hohn!

Sigismund.

Weil ich's von dir empfing mit
    meinem Leben,
Nur darum hab' ich Klage mir erlaubt.
Das Recht des Menschen hast du
    mir gegeben;
Drum klag' ich, daß du wieder mir's
    geraubt.
Denn schmählicher ist nichts auf Erden,
Als von dem Geber selbst beraubt
    zu werden.

König.

Ha! solchen Dank muß ich empfan-
    gen,

Daß du, der ein Gefangner war,
Dich jetzt als Fürsten siehst!

Sigismund.

                    Fürwahr?
Dafür kannst du noch Dank ver-
    langen?
Mein Vater bist du, und ein König;
Darum wird diese Größ' und diese
    Pracht
Durch der Natur Gesetz mir unter-
    thänig,
Und es zu hindern hast du keine
    Macht.
Warum dir Dank, daß du mich
    anerkannt? —
Mir danke, daß du nicht mußt Rech-
    nung geben
Für all' die Zeit, da rechtlos du
    entwandt
Mir meine Freiheit, Ehr' und Leben.

König.

Ha, thöricht, wild verweg'nes Rasen!
Wahrhaftig zeigt der Himmel sich;
Auf ihn, auf sein Gericht beruf' ich
    mich.
Du Thor, von Hochmuth aufge-
    blasen!
Und ob du nun auch meinest, dich
    zu kennen,
Ob du schon glaubst der Täuschung
    zu entgehn,
Und wähnst auf festem Boden hier
    zu stehn,
Wo dir's beliebt, den Ersten dich
    zu nennen;
So gieb doch meiner Warnung Raum:
Der Demuth, Stolzer, sei beflissen,
Mißtraue deinem Seh'n und Wissen,
Vielleicht ist Alles nur ein eitler
    Traum!   (Geht ab.)

Neunter Auftritt.

(Sigismund. Clarin. Hofbediente.)

Sigismund (für sich).

Wie? Was ich hört' und sah mit
wachem Sinn,
Es wäre nur ein buntes Traumge=
wühle? —
Nein, 's ist kein Traum! Ich weiß,
ich fühle,
Was ich einst war, was jetzt ich bin!
Fühlst du auch Reue nun und Scham,
Für dich nur ist es um so schlim=
mer;
Denn ich erkenne mich, und nimmer,
Troß deinem Seufzen, deinem Gram,
Raubst du mir's, daß ich ward ge=
boren,
Der Erbe dieses Throns zu sein.
Und sahst du auch mich schwach und
klein
Einst hinter jenes Kerkers Thoren,
Mir selber fremd in meinem dumpfen
Sinn:
So weiß ich nun doch, wer ich bin,
Und dies Bewußtsein, nimmer geht's
verloren!

Zehnter Auftritt.

(Vorige. Rosaura in Frauenkleidung).

Rosaura (für sich).
Estrella such' ich auf, und fürchte
hier
Ihm zu begegnen, den ich will ver=
meiden.
An meinem Schmerz soll sich Astolf
nicht weiden.

Ungern bezwing' ich meine Rachbe=
gier;
Doch räth es mir Clotald; er will
d'rauf denken,
Zum Leben auch die Ehre mir zu
schenken.

Clarin (zu Sigismund).
Sprich, Herr, was ist dir von dem
Allen,
Was du hier sahst, am meisten auf=
gefallen?

Sigismund.
Nichts hat Erstaunen mir bereitet;
Was ich auch sah, ich war d'rauf
vorbereitet.
Doch müßt' ich Eines mit Be=
wund'rung schauen,
So wär's der namenlose Reiz der
Frauen.
Gelesen hab' ich wo:
Was Gottes Kunst am herrlichsten
bewähre,
Das sei der Mann, die Welt in
kleiner Sphäre;
Doch ist es, sollt' ich meinen,
Das Weib, weil sie der Himmel
ist im Kleinen,
Und ihn an Huld und Reiz besiegt,
So weit der Himmel von der Erde
liegt, —
Und diese gar, die ich mit Staunen
sehe!

Rosaura (für sich).
Prinz Sigismund ist hier; ich gehe.

Sigismund.
Verlassen willst du mich? Mit nich=
ten! Halt,
O Mädchen! laß dein holdes Bild
so bald
Mir nicht entschwinden.

(Sich ihr nähernd).
Doch, was muß ich schauen?

Rosaura.

Auch meinen Blicken wag' ich kaum
zu trauen.

Sigismund.

Gesehen hab' ich diese Reize schon.

Rosaura.

Und den ich nun hier sehe auf dem
Thron,
Erblick' ich einst von Kerkernacht
umgeben.

Sigismund.

Im Grabe lag ich, doch ich fand
mein Leben! —
Weib, — alle Huldigungen
Des Manns hat dieses Wort in
sich verschlungen, —
Wer bist du? Liebe zugestehen
Müßt' ich dir, hätt' ich auch dich
nie gesehen;
Doch sicher ist's, ich sah dich schon
hienieden,
Und darum glaub' ich, du bist mir
beschieden.
Wer bist du, Mädchen? Sprich, wie
ist dein Name?

Rosaura (bei Seite).

Verstellung gilt's! (Laut.) Ich bin
Estrella's Dame,
Von jenem Wunderstern ein schwa-
cher Flimmer.

Sigismund.

Die Sonne selbst bist du, von deren Schimmer
Estrella's Stern erst seinen Glanz
erhält.
Das Schönste nur darf herrschen in
der Welt:

Die Ros' ist Königin im Reich der
Düfte,
Der Diamant beherrscht des Ab-
grunds Klüfte,
Und in des Himmels Raum regiert
die Sonne
Mit Allgewalt, des Lebens Licht und
Wonne. —
Wenn überall die Schönheit herr-
schend ist,
Im Reich des Himmels und der
Erden,
Wie solltest du denn dienstbar sein
und werden,
Die du die Königin der Schönheit
bist?

Eilfter Auftritt.

(Vorige. Clotald tritt auf und bleibt
im Hintergrunde).

Clotald (für sich).

Ihn noch zu zähmen darf ich hoffen,
Denn ich erzog ihn ja. — Doch
wie? — betroffen
Bin ich, Rosauren hier zu sehn.

Sigismund.

Du schweigst? Antworte mir, mein
Leben!

Rosaura.

Leicht lassen Worte, Herr, sich miß-
verstehn;
Wo der Verstand sich arm und blöde
zeigt,
Da spricht am besten, wer am besten
schweigt. (Will gehen).

Sigismund.

Bleib', gehe nicht von hinnen!

So schnell willst du schon meinen
   Sinnen
Des Lichts Erquickung rauben?

Rosaura.

Ich bitte diese Gunst mir zu erlauben.

Sigismund.

Geh'n mit so eil'gen Schritten,
Das heißt die Gunst sich nehmen,
   nicht erbitten.

Rosaura.

Ich nehme sie, willst du sie nicht
   gewähren.

Sigismund.

In Rauhheit wirst du meine Huld
   verkehren.

Rosaura.

Die Rauhheit wird nicht leichter mich
   bezwingen.

Sigismund.

Ob sie es kann, möcht' ich wohl erst
   erfahren.
Des Willens, Stolze, bin ich mir
   bewußt,
Und das Vermögen soll sich offen=
   baren.
Unmögliches kann mir auch wohl
   gelingen,
Es zu versuchen macht der Wider=
   stand mir Lust.
Dort vom Altan mußt' Einer
   springen,
Der es bezweifelt; — laß uns
   sehn,
Ob deine Tugend besser wird be=
   stehn.

Clotald (für sich).

Sein Rasen steigt. Er läßt sie nicht
   von hinnen!
O Himmel! was soll ich beginnen?

Rosaura.

Ha! nicht vergebens zagte
Dieß arme Land, als man voraus
   ihm sagte
Von dir solch wild Erfrechen,
Wuth, Mord, Verrath und jegliches
   Verbrechen!
Doch kann auch der sich anders
   zeigen,
Dem nichts von Menschen, als der
   Nam' ist eigen?
Der roh, unbändig, grausam, der
   Begier
Sich hingiebt, wie das reißend wilde
   Thier,
Mit dem er aufwuchs in des Berges
   Klüften!

Sigismund.

Ich zeigte Milde dir, dich zu ver=
   pflichten
Und diese freche Schmähung zu ver=
   nichten;
Doch, bin ich das, was deine Lippen
   nennen,
So sollst du so, bei Gott, auch ganz
   mich kennen.
   (Zum Gefolge.)
Entfernt euch Alle! diesen Thoren
Soll niemand nahn.

Clarin (geht mit den Uebrigen ab).

Rosaura.

      Ich bin verloren!
O höre!

Sigismund.

     Den Barbaren
Zu bändigen kannst du die Mühe
   sparen.

Clotald (für sich).

Gewalt? — O gräßliches Verderben!
Ihn hindern muß ich, oder sterben.

(Hervortretend).
Halt ein, o Herr!

Sigismund.
Zum zweiten Male wagst,
Tollkühner Greis, du mir zu wider=
streben?
Flieh, eh du meinem Grimm begeg=
nen magst,
Und reiz' ihn nicht! Es kostet dich
das Leben!

Clotald.
Noch einmal wag' ich's dir zu sa=
gen:
Sei milder, Prinz, willst du die
Krone tragen.
Bezwinge dich! Gieb meinen Bitten
Raum!
Was du erfährst, vielleicht ist's nur
ein Traum.

Sigismund.
Mein Zorn entflammet sich zur Ra=
serei,
Muß ich der Wirklichkeit mißtrauen.
Wahnsinn'ger Greis! dich tödtend
will ich schauen,
Ob dieß ein Traum, ob's Wahr=
heit sei!
(Er zieht den Dolch.)

Clotald
(hält diesen von sich ab, indem er nie=
derkniet).
Nur so entrinn' ich noch dem Todes=
grauen.

Sigismund.
Hinweg vom Stahl die freche Hand!

Clotald.
Nein, bis ich Hilfe fand,
Laß' ich dich nicht!

Rosaura.
O Himmel!

Sigismund.
Weg, Verräther!
Feindsel'ger Thor, starrköpf'ger Misse=
thäter!
Sonst will, bei Gott! ich ohn' Er=
barmen
Erwürgen dich mit meinen starken
Armen.
(Sie ringen mit einander.)

Rosaura.
Heran, ihm beizustehen!
Ermordet wird Clotald! (Eilt ab).

Zwölfter Auftritt.

(Vorige, ohne Rosaura. Astolf tritt
auf, in dem Augenblick, da Clotald
zu seinen Füßen hinfällt, und stellt sich
zwischen Beide).

Astolf.
Was muß ich sehen?
Prinz von so edlem Muthe,
So wolltest du mit fast erstarrtem
Blute
Den hellen Stahl beflecken?
Eil' in die Scheid ihn wieder ein=
zustecken.

Sigismund.
Erst soll der Frevler büßen,
Mit seinem Blut ihn röthend.

Astolf.
Mir zu Füßen
Darf ihn kein Dolch erreichen;
Zum Heile soll mein Kommen ihm
gereichen.

Sigismund.
Zum Tod gereich' es dir! Für das
Verbrechen,

Das er an mir beging, will ich
mich rächen
Durch deinen Tod.

(Er dringt auf ihn ein).

Astolf (zieht den Degen).

Mein Leben zu vertheid'gen
Kann nimmermehr die Majestät be-
leib'gen.

(Sie fechten.)

Dreizehnter Auftritt.

(Vorige. Der König. Estrella. Gefolge.)

Clotald (zu Astolf).

Verletz' ihn nicht, o Herr!

König.

Hier bloße Degen?

Estrella.

Im Streit die Fürsten? Wer durft'
ihn erregen?

König.

Sagt an! was ward hier vorge-
nommen?

Astolf.

Nichts, hoher Herr, weil eben du
gekommen.

(Sie stecken die Degen ein).

Sigismund.

Gar Vieles, Herr, obwohl du kamst
so eben;
Ich wollte diesem Alten hier an's
Leben.

König.

Wie, Prinz! empfandest du nicht
Achtung
Vor grauem Haar?

Clotald.

Dies kommt nicht in Betrachtung,
O Herr! es ist ja mein's.

Sigismund.

Bethört' Verlangen!
Will graues Haar viel Achtung noch
empfangen?
Vielleicht — es kann geschehen —
Werd' ich auch dieses mir zu Füßen
sehen;
Denn wohl muß ich dich strafen,
Weil du rechtlos mich auferzogst
zum Sklaven.

(Geht ab.)

König.

Um diesen Anblick dir zu rauben,
Versenk' ich dich in Schlaf; dann
magst du glauben,
Daß, was du hier erfahren,
Zum Heil der Welt, nur leere
Träume waren.

(Alle gehen ab.)

Dritter Akt.

Zimmer im Palast.

Erster Auftritt.

(Estrella. Astolf. Dann Rosaura.)

Astolf.

So ist es, Fürstin! selten trügt die
Zukunft,
Wenn sie uns Unheil drohet. Zwei-
felhaft
Ist nur das Gute, doch das Schlimme
kaum.

Estrella.

So wär' ein Astrolog wohl klug,
weissagt'

Er stets nur Unglück; sicher träf' es ein.
Die Lehre, Herzog, scheint doch zu
betrübt.

Astolf.

Ist's nicht des Prinzen Fall, so wie
der meine?
Verderben nur und Schreckniß ward
von ihm
Vorausgesagt, und wahr ist es ge=
worden:
Doch mir, dem eures Lichts Er=
scheinen Glück
Und Ruhm, und jeden Segen pro=
phezeite,
Mir schweigen noch die räthselhaften
Zeichen,
Und ob mich Gunst erhebt, ob mich
Verschmähen
Zu Boden drückt, o Fürstin, weiß
ich nicht.

Estrella.

Sehr fein, Astolf! Sehr schmeichel=
haft, gewiß!
Doch gelten wohl die zärtlich schönen
Worte
Der Dame, deren Bild ihr damals
trugt,
Mein Fürst, als ich zuerst euch sah.
Und wenn
Dem also ist, so laßt die Schmeichel=
reden
Von ihr euch auch bezahlen; denn
es gilt
Kein Schuldbrief vor der Liebe
Tribunal,
Den man im Dienst von Andern
ausgestellt.

Rosaura
(erscheint im Hintergrunde. Die Beiden
wahrnehmend, für sich).

Nichts fürcht' ich mehr zu sehen, da
ich dieß
Erblickte.

Astolf.

Reißen will ich jenes Bildniß
O Fürstin, aus der Brust, um
Raum zu geben
Dem holden Bilde deiner Schön=
heit. — Schnell
Es dir zu bringen, geh' ich. Harre
mein.
(Für sich, ohne Rosaura zu sehen.)
Vergieb' Rosaura! Liebe schwur ich
dir;
Doch wo der Thron winkt, muß die
Liebe schweigen.
(Geht ab.)

Zweiter Auftritt.

(Rosaura. Estrella.)

Rosaura
(hervortretend, für sich).

Betäubt vernahm ich seine Worte
nicht.

Estrella
(Rosaura bemerkend).

Asträa, komm.

Rosaura.

Gebieterin!

Estrella.

Erwünscht
Seh' ich dich nahen, von des Augen=
blicks
Verwirrung hier mich zu befrei'n.

Rosaura.

Befiehl,
O Fürstin!

Estrella.

Daß Astolf, mein Vetter, bald

Mit mir sich soll verbinden, weißt
   du schon;
Ob liebenswerth er ist, sag' du dir
   selbst.
Nun wiss', ein Bild hat uns ent=
   zweit, das ich
Bei ihm gesehn. Halb scherzend
   fordert' ich's.
Mir's nun zu bringen, ging er, und
   obschon
Erfreut darob, bin ich doch auch
   beschämt;
Denn Liebesopfer fordern Liebes=
   dank,
Und jetzt ihm zu begegnen, wag' ich
   nicht.
Drum bleibe hier, und wenn er
   kommt, so sprich:
Er mög' es dir behänd'gen. —
   Weiter brauch'
Ich nichts zu sagen; du bist schön,
   du bist
Verständig, und die Liebe kennst du
   wohl.

                  (Geht ab.)

Dritter Auftritt.

Rosaura (allein).

Wohl mir, kennt' ich sie nicht!
   Was nun beginnen?
Den ich vermeiden will, soll ich er=
   warten,
Und fremder Liebe dienend, hier ihn
   sehn. —
Dieß Bild, ist's meines? Ja gewiß!
   O Schmach!
Aus des Verräthers Hand soll ich's
   empfangen,

Der Nebenbuhlerin ein Pfand der
   Treue,
Die er mir brach, zu überbringen.
   Ha!
Und keine Waffen hab' ich, mich zu
   rächen!
Verhaßte Kleidung, thöricht eitler
   Schmuck!
Das Schwert vertausch' ich mit des
   Weibes Schwächen!
Ist dieß die Rache, die du mir ver=
   sprachst,
Clotald? — Entflieh' ich? Tret' ich
   ihm entgegen?
Wie mich verstellen? Wie mein Herz
   bezwingen?
Erkennen wird er mich, was sag' ich
   ihm?
Gieb Fassung mir, o Himmel! —
   Ha, er kommt!

Vierter Auftritt.

(Rosaura. Astolf mit Rosaura's
   Bildniß.)

Astolf.

Hier, Fürstin ist das Bild.
   (Rosaura erkennend.)
         Was seh' ich? Gott!

Rosaura.

Was setzt euch in Erstaunen, hoher
   Herr?

Astolf.

Dich hier zu sehn, Rosaura.

Rosaura.

               Ich Rosaura?
Ihr täuscht euch, Herzog. Eine
   Dienerin
Nur bin ich, und Astrãa nennt man
   mich.

Nicht schmeicheln darf sich meine
Demuth, Herr,
Euch in Verlegenheit zu setzen.

Astolf.

Nun,
Genug, Rosaura, der Verstellung!
Lügt
Das Herz doch nicht, das in Asträa's
Form
Dein holdes Selbst erkennt.

Rosaura.

In Räthseln wohl
Spricht eure Hoheit, also laßt mich
schweigen.
Dieß Eine sag' ich: Eure Dame,
Herzog,
Die Fürstin, der ihr huldigt, sie
befahl,
Das Bild von euch zu fordern, das
ihr kennt.
Ihr zu gehorchen ziemet mir und
euch;
Nichts Andres hat Asträa euch zu
sagen.
Gebt mir das Bild.

Astolf.

Umsonst verstellst du dich:
Gebeut den Augen doch, Rosaura, daß
Sie mehr nicht, als die Worte mir
verrathen.

Rosaura.

Das Bild erwart' ich, Herr, wie ich
euch sagte.

Astolf.

Willst du Verstellung denn, so
nimm auch so
Die Antwort: Sag', Asträa, der
Prinzessin:
Zu hoch verehr' ich sie, um nur
ein Bild,

Wie sie begehret, ihr zu senden,
deßhalb,
Und daß sie's achten möge nach
Verdienst,
Send' ich ihr das Original. —
Das kannst
Du nun ihr geben, denn du trägst
es ja
Bei dir, wie du dich selber in dir
trägst.

Rosaura.

Wär' auch das Urbild mein, und
größer noch
Sein Werth, nichts hälf' es mir
und euch, Astolf;
Ein Abbild soll ich bringen, weiter
nichts.

Astolf.

Geb' ich's dir nicht, wie kannst du's
bringen?

Rosaura
(greift nach dem Bilde).

So,
Verräther! Laß es los!

Astolf (es festhaltend).

Vergeb'ne Mühe!

Rosaura.

Bei Gott! man soll's in einer
Andern Hand
Nicht sehen.

Astolf.

Furchtbar bist du!

Rosaura.

Du verräth'risch.

Astolf.

Still, meine Rosa!

Rosaura.

Dein? Du lügst, Elende.!
(Beide haben das Bildniß angefaßt.)

Fünfter Auftritt.

(Vorige. Estrella.)

Estrella.
Astolf? Asträa? Was ist dieß?

Astolf (bei Seite).
Verwünscht!

Rosaura (für sich).
Nun, Liebe! leihe mir Erfindung.
(Laut.) Was
Du hier, o Fürstin! sahst, will ich
erklären.

Astolf
(leise zu Rosaura).
Was thust du?

Rosaura.
Wie du mir befahlst, Prinzessin!
Erwartet' ich den Herzog hier, das
Bild
Zu fordern, dessen unter euch
erwähnt.
So stehend kam zufällig mir in
Sinn,
Daß ich mein eigen Bildniß bei
mir trage,
Und in Gedanken nahm ich's in
die Hand,
Und ließ es spielend auf die Erde
fallen.
Astolf, der eben kam, hob schnell es
auf;
Aus welcher Absicht weiß ich nicht,
allein
Er weigert sich, es mir zurück zu
geben.
Ob wahr ich rede, sieh nun selbst.
Es ist
Mein Bild und sieht mir ähnlich.

Estrella.
Gebt das Bild
Zurück, Astolf.
(Sie nimmt es ihm weg.)

Astolf.
Prinzessin!

Estrella (es betrachtend).
Wahrlich, 's ist
Recht artig.

Rosaura.
Ist es mein's?

Estrella.
Wer kann's verkennen?

Rosaura.
Verlange doch das andre nun von
ihm.

Estrella
(giebt ihr das Gemälde).
Nimm hier dein Bild und geh'.

Rosaura (bei Seite).
Die Rache siegt!
Mein Bild hab' ich zurück, mein
Herz will ich
Mit blut'gem Stahl in seinem
Herzen suchen.

(Geht ab.)

Sechster Auftritt.

(Estrella. Astolf.)

Estrella.
Gebt mir das andre Bild nun;
denn obwohl
Ich nie euch mehr zu sprechen denke,
noch
Zu sehn, will ich's nun doch in
eurer Hand
Nicht lassen, bloß, weil ich so thöricht
war,
Es einmal zu begehren.

Astolf (zögernd).

Schöne Fürstin,
Wie hoch ich euch verehre, und wie
sehr
Mir jeder Wunsch von euch —

Estrella.

Genug, Verräther!
Nun will ich es nicht haben, und
du sollst
Mich nie erinnern, daß es Etwas
gab,
Was ich von dir verlangen konnt'
und mochte.

(Geht ab.)

Astolf (allein).

Prinzessin! höre mich! — Verhaßt
Geschick!
Rosaura hier, in diesem Augenblick?
So nah' ihr, fühl' ich, was sie einst
mir war;
Es drohen Lieb' und Rache mir
Gefahr.
Doch wanke nicht! Was du gewählt
mit Willen,
Das wage starken Muthes zu
erfüllen.

(Geht ab.)

Siebenter Auftritt.

Wilde Gegend mit dem Thurme, wie
im ersten Aufzuge.

(Sigismund, wie Anfangs mit Fellen
bekleidet, liegt auf dem Boden und
schläft. Clotald tritt auf mit zwei
Dienern und Clarin.)

Clotald.

Im Kerker mag er nun sich wieder=
finden.

Der eine Tag sei Anfang und
Beschluß
Von seinem Stolze.

Diener (Sigismund fesselnd).

Also wieder muß
Den Wilden ich an seine Kette
binden.

Clarin.

Und möge nie dein Schlummer
schwinden,
Mein Prinz! dann siehst du dein
Verderben nicht.
Traun! all' der Glanz, der dich
umgeben,
Es war ein Schatten nur vom
Leben;
Nur einer Todesfackel Licht.

Clotald.

Seht doch, wie klug der Bursche
spricht!
Solch einem hochverständ'gen Mann
Muß man wohl eine Wohnung
schenken,
Wo ungestört er in der Kunst zu
denken
Sich üben und ergötzen kann. —
He, Leute, packt den Burschen an,
Und eilt, ihn in den Thurm zu
bringen.

Clarin.

Mich in den Thurm? Wo denkt
ihr hin?
Ihr irrt euch, Herr! ich bin Clarin,
Kein Prinz. — Ich in den Thurm!
So großer Ehre
Bin ich wahrhaftig gar nicht werth.
Hier denken soll ich? Denken?
Nun, das wäre
Mir recht! Damit hab' ich mich nie
beschwert.

Herr! ich bin dumm, stockdumm! ich bitte,
Laßt mich dabei! 'S ist eine gute Sitte,
Nicht klüger sein, als seiner Aeltern Kind:
Wie Einer sich auch stellt, 's ist bloßer Wind;
Schaf bleibt doch Schaf. Drum laßt mich —

Clotald.
Fort,
Sinnloser Schwätzer! Schweigen lerne dort!
(Die Diener führen Clarin in den Thurm.)

Achter Auftritt.

(Clotald. Sigismund schlafend).

Clotald.
Mit solchem Narren war er im Vereine,
Denn an das Böse hängt sich das Gemeine.

Neunter Auftritt.

(Vorige. Der König in gemeiner Kleidung.)

König.
Clotald!

Clotald.
Verkleidet seh' ich hier,
Zu dieser Stunde, eure Majestät?

König.
Ach, mein Gemüth läßt keine Ruhe mir.
Zu sehen komm' ich, wie's dem Armen geht.
Wo ist er?

Clotald.
In dem vor'gen Mißgeschicke
Siehst du ihn dort verloren.

König.
O, armer Sigismund! geboren
In dem unseligsten der Augenblicke!
Dein Vater ist es, der des Schicksals Schluß,
Zu seiner Qual, an dir vollziehen muß!.
(Zu Clotald.)
Geh, aus dem Schlafe ihn zu stören,
Da nun durch jenen Schlummertrank
Ihm Muth und Stärke schon entsank.

Sigismund (im Traume).
Laßt mich! —

Clotald.
Er spricht! ein Traum wird ihn bethören.

König.
So ist es. Stille! Laß uns hören,
Was ihm erscheint in seinen Phantasie'n.

Sigismund (träumend).
Recht ist's, Tyrannen zu verderben;
Hinweg damit! Clotald soll sterben,
Und vor mir soll der König knie'n!

Clotald.
Hört! Mit dem Tode soll ich's büßen!

König.
Mich sollen Schimpf und Schmach umgeben.

Clotald.
Mir will sein Frevelmuth an's Leben.

König.
Und liegen soll ich ihm zu Füßen.

Sigismund (träumend).

Es soll das weite Erdenrund
Laut jubelnd meinen Muth begrüßen,
Und allen Völkern werde kund —
    (Er erwacht.)
Wo bin ich? — Wehe mir!

König (zu Clotald).

Nicht sehen darf er mich an diesem
    Ort:
Verweile hier: ihn hören will ich
    dort.
    (Er tritt zurück.)

Sigismund.

Bin ich es selbst, der wieder sich
    beschwert
Von Ketten sieht, zur Schmach zurück-
    gekehrt?
Seid ihr mein Grab denn nicht,
    ihr alten
Bemosten Mauern? — Mag mich
    Gott erhalten!
Was für ein Traum war dieß?

Clotald (sich ihm nähernd).

    Wirst du nun endlich wach?

Sigismund (in Gedanken).

Ja, 's ist Erwachenszeit.

Clotald.

    Den ganzen Tag
Hast du gelegen? Kann das möglich
    sein? —
Seitdem dein Blick dem Adler
    nachgeflogen,
Von dem ich sprach, hast du des
    Schlafs gepflogen.
Bist du denn nie erwacht?

Sigismund.

    Ich? Nein!
Und immer noch scheint mir es,
    wach' ich nicht.

Clotald.

Besinne dich; 's ist hell am Tag.

Sigismund.

    Nein, nein!
Dem Schlaf, Clotald, bin ich noch
    jetzt zum Raube;
Denn war das nur ein Traum-
    gesicht,
Was sich so klar mir und hand-
    greiflich machte:
So ist hier Alles Trug, was ich
    betrachte,
Und nicht der Tag ist's, dem ich
    künftig glaube.

Clotald.

Das ist sehr seltsam.

Sigismund.

War's ein Traum, was ich erfuhr,
So ist nichts wirklich; und dieß
    weiß ich nur:
Daß ich geträumt, auch da ich
    wachte.

Clotald.

Nun, sage doch, was in dem Traum
    geschah?

Sigismund.

Im Traum?
    (Er besieht seine Ketten.)
    Verhaßter Anblick! — Ja!
Nicht zweifeln kann ich, seh' ich dieß.
Ein Traum
War's in der That.

Clotald.

    So sprich, was ist geschehen?

Sigismund.

War's auch ein Traumbild nur,
    was ich gesehen —
Von Vielem schweig' ich. Dieß
    nur höre: Kaum

Erwacht, fand ich auf einem Bette
  mich, das nicht
An Farbenglanz und Pracht dem
  reichen,
Duftvollen Teppich durfte weichen,
Den sich der Mai aus Blumen
  flicht.
Und Hunderte von Edlen nahm ich
  wahr,
Die mich in Demuth ihren Fürsten
  nannten.
Goldstoffe, Perlen, Diamanten,
Auf ihren Knieen, reichten sie mir
  dar. —
Die tiefe Ruh', in der ich war,
Erhob mich zum Entzücken schier;
Mein ganzes Glück erfuhr ich dann
  von dir.

          Clotald.
Von mir?

        Sigismund.
  Ja; deine Reden, deine herben,
Verkehrten sich: sie wurden mild
  und gut —
Du grüßtest mich zuerst als Polens
  Erben.

          Clotald.
Und guten Lohn empfing ich wohl
  dafür?

        Sigismund.
Nicht allzuguten; denn für Hoch=
  verrath
Verlangt' ich, wie mir schien, nach
  deinem Blut,
Und wollte zweimal drohend dir
  an's Leben.

          Clotald.
Wer übt am Freunde denn so rauhe
  That?

        Sigismund.
Entgegen warst du meinem heft'gen
  Streben:
Als einz'gen Herrn erkannt' ich mich
  im Land;
Ich haßte dich, wie jeden Wider=
  stand,
Und blindlings folgt' ich meiner
  Rachsucht Trieben. —
Ein Weib nur, unter Allen, mußt'
  ich lieben:
Und dieses, däucht mich, war kein
  Trug;
Verschwand auch Alles schnell ge=
  nug,
Dies Eine, fühl' ich, ist geblieben.
         (Der König geht ab.)

      Clotald (bei Seite).
Mit inn'rer Rührung Zeichen
Seh' ich den König geh'n. (Laut.)
Eh' du entschliefest, war
Dein letzt' Gespräch der königliche
  Aar,
Der Lüfte Fürst; daher von seines
  Gleichen
Hast du geträumet, und von König=
  reichen.

        Sigismund.
So scheint's.

          Clotald.
Doch, Sigismund, im Traum auch
  den zu ehren,
Scheint billig, der durch seine Lehren
Bemüht war, deinen Geist zu
  bilden;
Denn selber in des Traums Ge=
  filden
Darf nicht der Troz des Unrechts
  gähren.
            (Geht ab.)

Zehnter Auftritt.

Sigismund (allein).

Und weil dieß wahr ist, wollen wir
　ihn zäumen
Ein andermal, den kecken Ueber=
　muth,
Und diesen Ehrgeiz, diese Wuth,
Wenn wir in Zukunft wieder
　träumen.
Geschehen wird's; denn in den
　Räumen
Der Wunderwelt, worin wir weben,
Ist nur ein Traum das ganze Leben;
Und jeder Mensch — erfahr' ich
　nun, —
Er träumt sein ganzes Sein und
　Thun,
Bis dann zuletzt die Träum' ent=
　schweben.
Der König träumt: er sei ein
　König,
Und, tief in diesen Traum versenkt,
Gebietet er, und herrscht und lenkt,
Und alles ist ihm unterthänig;
Doch, es zerstäubt sein Glück der
　Tod,
Der ihn zu wecken immer droht.
Wen kann die Herrschaft lüstern
　machen,
Da sie ihm schwindet beim Er=
　wachen? —
Der Reiche träumet, und es zeigen
Ihm Schätze sich, doch ohne Frieden.
Es träumt der Arme auch hienieden,
Er sei ganz elend und leibeigen.
Es träumet, wer beginnt zu steigen;
Es träumet, wer da sorgt und rennt;
Wer liebt, und wer von Haß ent=
　brennt:

Kurz, auf dem ganzen Erdenballe,
Was Alle sind, das träumen
　Alle,
Obgleich nicht Einer es erkennt.
Und also träum' ich jetzt, ich sei
Gefangen und mit Schmach ge=
　bunden,
Wie ich geträumt vor wenig
　Stunden,
Da ich mich glücklich sah und
　frei. —
Was ist das Leben? Raserei!
Was ist das Leben? Hohler Schaum,
Ein täuschend Bild, ein Schatten
　kaum!
Gar wenig kann das Glück uns
　geben;
Denn nur ein Traum ist Alles
　Leben,
Und selbst die Träume sind ein
　Traum.

Vierter Akt.

Im Innern des Thurmes.

Erster Auftritt.

Clarin (allein).

Weil ich so klug bin, steck' ich hier
　im Thurm.
Nun sag' mir Einer, was geschäh'
　erst, wäre
Ich nicht so klug? 'S ist doch bei
　meiner Ehre
Ein böses Ding um so 'nen Zappel=
　wurm
Im Kopfe. — Nein! Es läßt euch
　keine Ruh',

Geh' euch's auch wohl; ihr greift
wo täppisch zu,
Und sitzt dann in der Klemme. —
Schweigen, schweigen
Soll ich hier lernen, — hungern
nebenbei. —
Der Maus und Spinne freilich ist's
nicht eigen,
Gar viel zu reden. Meiner Six,
dabei
Lernt es sich schweigen ohne große
Müh'.
Da sitz' ich, und studire spät und
früh
Mit größtem Fleiß die goldne Hunger=
lehre;
Doch merk' ich nicht, daß ich viel
weiter wäre.
(Trommeln, Trompeten und Geschrei
von außen.)
Anführer der Soldaten (von
außen).
Er ist in diesem Thurm, hier ist er,
hier!
Auf, sprengt die Thür des Kerkers!
bringt hinein!

Clarin.

Er? — Wer denn? — Alle Wetter!
es gilt mir.
Sie sagen, ich sei da. Was wird es
sein?

Anführer (von außen).

Hinein, Gesellen!

Zweiter Auftritt.

Clarin. Viele Soldaten (drin=
gen herein).

Zweiter Soldat.

Seht, er ist's.

Clarin.

Behüte!

Alle.

Erlauchter Herr!

Clarin.

Herr? O du meine Güte!

Anführer.

Ja du bist unser Fürst, nur dich
erkennen
Und wollen wir, den angestammten
Herrn;
Den fremden Herzog nicht, den man
uns gern
Aufbringen möchte. Also wir ernennen
Zum König dich.

Alle.

Hoch! lebe hoch!

Clarin.

Bei Gott!
Sie meinen's ernstlich; 's ist kein
leerer Spott.
Ist es in dieser Gegend etwa
Brauch,
Daß täglich Einen man zum Für=
sten macht,
Und dann in Thurm ihn steckt, zu
guter Nacht?
'S ist richtig so, denn gestern sah
ich's auch.
Je nun, da muß ich mich ja wohl
bequemen,
Ist's anders nicht, die Rolle anzu=
nehmen.

Anführer.

Dich wollen wir zum König, dich
allein;
Estrella soll's nicht, und nicht Astolf
sein.
Das haben Alle deinem Vater wir
Erklärt, so wie wir hier sind.

Clarin.

Höret ihr,
Das nenn' ich keck. Habt ihr nicht
mehr Respekt
Vor meinem Vater? (Für sich.) In
ben Burschen steckt
Fürwahr der Satan. Wie ich drob
mich freue!

Anführer.

Verkenn', o Herr, nicht unsre Treue.

Clarin.

War's Treue? — So? — Nun,
bann verzeih' ich euch.

Anführer.

So folge denn, o Prinz, uns in
bein Reich.
(Zu ben Solbaten.)
Ihr, rufet laut: hoch lebe Sigis=
munb!

Alle.

Er lebe hoch!

Clarin (bei Seite).

Nennt er mich Sigismunb?
Warum denn? — Ei, was liegt
benn mir am Grunb? —
Das ist ein Ding fast, wie mit fal=
schen Münzen:
Es heißen wohl die nachgemachten
Prinzen
hierlanbs (warum nicht?) alle Si=
gismunb.

Dritter Auftritt.

(Vorige. Sigismunb.)

Sigismunb.

Mein ist der Name, wer rief Sigis=
munb?

Clarin (bei Seite).

O jemine! Mein Reich ist schon zu
Enbe!

Anführer.

So sagt! Wer ist hier Sigismunb?

Sigismunb.

Ich bin's.

Zweiter Solbat (zu Clarin).

Du frecher Narr, du hast zu Sigis=
munb
Dich machen wollen?

Clarin.

Ich? Nicht, daß ich's wüßte.
Warst bu's nicht, der zuerst mich so
begrüßte?
Ein Wort, ein Nam' ist wenig nur
zum Glück;
Wollt ihr ihn wieder, nehmet ihn
zurück.
(Er zieht sich zurück.)

Anführer (zu Sigismunb).

Erhab'ner Sigismunb! ruhmwürb'ger
Fürst!
Die Fahnen, die hier wehen, sinb
die beinen;
Es ruft dich uns're Treu' zum Herr=
scher aus.
Dein königlicher Vater, der besorgt,
Erfüllen werbe sich die Prophezeiung,
Daß er besiegt bir soll zu Füßen
liegen,
Beschloß, bir zu entzieh'n bein Recht
zum Thron,
Unb beinem Vetter, Herzog Astolf,
benkt
Er's zu verleihen; schon berief beß=
halb
Er seinen Hof um sich; jeboch bas
Volk,

Das weiß, ein eigner Fürst sei ihm geboren,

Nicht dulden will es, daß ein Frem=
der ihm

Gebiete. So nun, mit großherzigem
Verschmähen jener harten Schicksals=
drohung,

Sucht es dich hier, wo in der Haft
du lebst,

Damit durch seine Hilfe du die
Krone

Erwerbest, dem Tyrannen sie ent=
reißend.

Auf denn, o Fürst! Zahllose Heere
von

Verbannten, die in dieser Wüste
stehn,

Erwarten dich, dein harrt die Frei=
heit und

Der Thron. Horch, wie sie jubelnd
dich begrüßen.

Stimmen (außerhalb).

Es lebe Sigismund! Er lebe hoch!

Sigismund (für sich).

Noch einmal lockt ihr mich, ihr
Himmelsmächte,

Und träumerisch naht mir der Ho=
heit Glück?

Noch einmal soll, umringt von Schat=
tenbildern,

Ich alle Majestät und Größe sehen

Vom Windeshauch des Augenblicks
verwehen?

Mich selber täuschend, soll ich ein=
mal noch,

Phantome, euch vertrauen? — Nein,
ich will,

Ich will's nicht glauben. Weiß ich
doch, ein Traum

Sei alles Leben. Drum entflieht,
Gespenster,

Die ihr mich äffet mit Gestalt und
Stimme,

Obwohl Gestalt und Stimm' euch
fehlen. Fort,

Hinweg! Ich will erlogene Hoheit
nicht,

Will kein phantastisch Glück; die
eitle Macht,

Ich will sie nicht, die schnell der
Lüfte Wehen

Auflöset in ihr Nichts; wie es dem
Baum

Ergeht, der sich zu früh mit Blüthen
deckt,

Und dann, den Schmuck der rosen=
farbnen Locken

Dem ersten Hauch des Nords preis=
gebend, stirbt.

Hinweg! Ich kenn' euch, nimmer
täuscht ihr mich.

Anführer.

Herr, wenn du zweifelst, wend' auf
jene Berge

Dein Auge nur, und sieh die Heeres=
scharen,

Die dort nach deinem Blick sich seh=
nen, stolz,

Dir zu gehorchen.

Sigismund.

Schon einmal sah ich

Dasselbe, ganz so klar und deutlich, als
Ich jetzt es sehe, und doch war's
ein Traum.

Anführer.

Es künden große Dinge sich, o Herr,

Durch Ahnung an, und eine Ahnung
war's,

Wenn du's im Traum gesehen.

Sigismund
(nach einer Pause, in den Anblick wie
verloren).
Ahnung, sagst du?
Das mocht' es sein. Ja, Ahnung!
— Oder wär'
Es wirklich? — Ist das Leben auch
so kurz,
Daß Traum und Wahrheit fast nur
Eines sind! —
Ha, laß uns träumen, träumen wir,
mein Geist,
Noch einmal, einmal nur! Doch mit
Bedacht
Und Vorsicht soll's geschehen, denn
man wird
Uns vom Genuß zur besten Zeit
erwecken.
Wenn's also ist, wenn alle Macht
und Hoheit —
Sei sie auch wirklich — doch als
bloß verliehen,
In kurzer Zeit zu ihrem Lehens-
herrn
Zurückkehrt: so laß uns von Macht
nun träumen
Und kühner That; das Höchste laß
uns wagen!
(Nach einer Pause unter die Soldaten
tretend.)
Dank euch, Vasallen, daß ihr's red-
lich meint
Mit Sigismund. Ihr habt den Mann
an mir,
Der klug und kühn von fremder
Sklaverei
Euch retten wird. Laßt uns das
Werk beginnen!
Entschlossen bin ich in den Kampf
zu gehn

Mit meinem Vater; die Wahrhaf-
tigkeit
Des Himmels will ich darthun, glanz-
hell wie
Den Tag: zu meinen Füßen muß
er liegen!
Soldaten.
Heil unserm Fürsten! Heil dir, großer
Prinz!
Sigismund.
Bringt Waffen her! schnell Waffen
mir herbei!
(Innehaltend, für sich.)
Doch wie? Erwacht' ich eher, und
vollführen
Könnt' ich es nicht: wär's besser nicht,
zu schweigen?
Was du empfindest, hüte dich's zu
zeigen.
(Man bringt Waffen und nimmt ihm
die Ketten ab.)
Alle.
Lang' lebe Sigismund! Er lebe hoch!

Vierter Auftritt.

(Clotald. Vorige.)

Clotald.
O Himmel! Welchen Aufruhr seh'
ich?
Sigismund
(stutzend, halb für sich).
Ha!
Clotald!
Clotald.
Mein Prinz! (Bei Seite.)
Sein ganzer Zorn fällt nun
Auf mich. Ich bin verloren!

Sigismund (für sich).
                    Dieses Zeichen
Entscheidend dünkt mich's. Halt an
dich, mein Herz!
            Clotald (knieend).
Herr! meines Todes sicher, leg' ich
    mich
Zu deinen Füßen.
            Sigismund
(nach einer Pause, ihn aufhebend).
                    Vater, kniee nicht!
Auf von der Erde! — Führer sollst
    du mir
Und Leitstern sein, auf meiner Bahn
    zum Glück.
Vergessen hab' ich nicht, daß meine
    Bildung
Ich deinen treuen Lehren danke.
    Komm,
Umarme mich!
            Clotald.
        Was sagst du?
        Sigismund.
                    Daß vielleicht
Ich träume, und daß recht zu han=
    deln ich
Gedenke, auch im Traum.
            Clotald.
        Mein edler Prinz,
Ist dieß dein Wahlspruch jetzt, so
    kann es dich
Nicht kränken, daß auch ich will recht
    thun. Du
Bekriegest deinen Vater. Nicht dir
    helfen,
Noch rathen kann ich gegen meinen
    Herrn,
Den König. — Hier zu deinen
    Füßen lieg' ich;

Willst du, so räche dich durch meinen
    Tod. (Er kniet.)
        Sigismund.
Treuloser! Undankbarer!
        (Sich faffend, für sich.)
                    Stille, Herz!
Ein Traum ist's, dich zu prüfen.
    Mäß'ge dich!
        (Nach einer Pause, laut.)
Nicht tadeln kann ich deinen edlen
    Muth,
Clotald, ist er mir gleich entgegen.
    — Geh,
Zieh hin zu deinem Herrn und dien'
    ihm treu.
Im Felde seh'n wir uns. — Steh'
    auf und geh!
            Clotald.
Herr, diese That wird einst der
    Himmel lohnen.   (Geht ab.)

Fünfter Auftritt.

(Sigismund. Soldaten.)

        Sigismund.
Zum Throne gehn wir, Schicksal!
    wecke mich
Nicht, wenn ich träume; und ist's
    Wahrheit, laß
Mich wachen! Doch, sei's Wahrheit
    oder Traum,
Recht muß ich handeln: um der
    Wahrheit willen,
Wenn wahr es ist, und ist's ein
    Traum, um Freunde
Zu haben, wenn die Zeit uns wird
    erwecken. —
Auf, rührt die Trommeln, rasch nun
    an die Feinde!

Und euer Vortrab heiße Tod und
Schrecken!
(Trommeln und Trompeten. Alle ab.)

Sechster Auftritt.

Zimmer im königlichen Palast.
(Clotald eilig, Rosaura ihn zurückhaltend.)

Rosaura.

Nur einen Augenblick sollst du ver=
weilen.

Clotald.

Verlang' es nicht; zum König muß
ich eilen.

Rosaura.

Was dich auch treibt, nichts kann so
bringend sein,
Mich zu verlassen, jetzt, in dieser Pein.

Clotald.

So sprich, was ist's?

Rosaura.

Die Kleidung mußt' ich wählen,
Um vor Astolf mein Wesen zu ver=
hehlen:
Dein Rath war's und dein Wille.
Meine Rache —
So schwurst du — sollte deine eigne
Sache
Nun sein. Vermieden hab' ich ihn,
so schwer
Mir's ward.

Clotald.

Du thatest wohl daran. Was mehr?

Rosaura.

Durch Zufall sah der Herzog mich
indessen;
Der alten Zeit gedacht' er: und nun
doch —

Kannst du es glauben? — völlig
ehrvergessen
Sieht er Estrella diesen Abend noch
In jenem Parke.

Clotald.

Nun?

Rosaura.

Kannst du noch fragen?
Die Schmach, den Hohn! nachdem
er mich gesehn,
Gesprochen, liebgekos't! Er dürft' es
wagen?
Vor meinen Augen, hier, sollt' es
geschehn?
Und diesen Schimpf, ich müßte ihn
ertragen?
Nein, nimmermehr! — Entsetzlich
brennt die Glut
Der Rach' in mir, es kühlt sie nur
sein Blut!

Clotald.

Sei ruhig, Kind! Was kann ich für
dich thun?

Rosaura.

Was du versprochen hast, erfüll' es
nun. —
Sieh hier! Der Schlüssel öffnet jenen
Garten,
Den Ort der Rache, die du mir
gelobt; —
Geh hin, des Ehrenräubers dort zu
warten,
Und still' die Qual, die mir im
Herzen tobt.

Clotald.

Wahr ist's, versprochen hab' ich, deine
Ehre
Dir wieder zu erstatten, ja, und wäre
Der Preis kein anderer als Astolfs
Leben.

Mein König ist er nicht, und nicht
   erbeben
Darf ich, in offnem Kampf ihn zu
   bestehn.
Gerächet hätt' ich dich, wär' nicht
   geschehn,
Was du wohl weißt. — Mich rettete
   sein Muth
Vor Sigismund und dessen blinder
   Wuth;
Ich danke deinem Feinde dieses Leben,
Soll ich dafür den Todeslohn ihm
   geben?

       Rosaura.

Durch Großmuth bist du früher mir
   verpflichtet;
Nichts ehrt, wie sie, den hochgesinnten
   Mann:
Der Herzog hat dein Selbstgefühl
   vernichtet
Durch das, was er hernach für dich
   gethan.

       Clotald.

Du irrst. Wie Großmuth auch den
   Geber ehrt,
So hat doch Dankbarkeit nicht min-
   dern Werth;
Sie muß die Tugend des Empfän-
   gers sein.

       Rosaura.

So übe diese Tugend auch allein!
Nicht dankenswerth ist, was du mir
   gegeben;
Denn du erhieltst mir nur ein ehr-
   los Leben.

       Clotald.

Kind! gieb den Wunsch auf, der
   nicht zu gewähren.
Sieh dieses Königreich, das schon im
   schweren

Gewittersturm der Zwietracht scheint
   verloren.
Darf ich, als Edler und Vasall ge-
   boren,
Das Unheil, das dem König droht,
   noch mehren?
Soll Undank diese grauen Haare
   schänden,
Durch meine Schmach die deine ab-
   zuwenden?
Dich rächen kann ich nicht. — Doch
   hör' dieß Wort!
An heil'ger Stätte ist ein Zufluchts-
   ort,
Unweit von hier, dahin will ich dich
   senden,
Reich ausgestattet. Seelenruh' und
   Ehre,
Wie du dich sträubst, du findest sie
   nur dort.
Drum wähle nach Vernunft und
   wähl' nach Pflicht!
Beim höchsten Gott! dir anders rieth'
   ich nicht,
Glaub' mir, und wenn ich auch dein
   Vater wäre.

       Rosaura.

Ich habe keinen Vater, keinen Freund,
So muß ich selber meinem Herzen
   rathen.
Genug hab' ich gelitten und geweint,
Und Leiden, weiß ich, zwingt man
   nur mit Thaten.
         (Will gehen.)

   Clotald (sie zurückhaltend).

Was willst du thun, Rosaura? Sag
   es an.

       Rosaura.

Ermorden will ich den treulosen
   Mann!

Clotald.

Den Herrn erkenn' in ihm, Estrella's Gatten.

Rosaura.

Ihr Gatte? Ha! Nie soll er's werden. Nein!

Clotald.

Du wagest Ehr' und Leben!

Rosaura.

Mag es sein!

Clotald.

Und dann dein Ziel?

Rosaura.

Mein Ziel ist dann zu sterben.

Clotald.

Bedenk', o Kind, ob noch ein andrer Schritt —

Rosaura.

Ein jeder andere Schritt führt in's Verderben. (Ab.)

Clotald.

Wenn nichts mehr bleibt, so will ich mit dir sterben.
Rosaura, meine Tochter! nimm mich mit!

(Eilt ihr nach.)

Siebenter Auftritt.

(Der König, Astolf und Gefolge von der andern Seite.)

König
(zu einem aus dem Gefolge).

Geht dort Clotald nicht hin? — Ruft ihn zurück.

(Zweiter Kammerherr geht ab.)

Astolf.

Welch ein Ereigniß, Herr! Treuloses Glück!

König.

Wer kann des Rosses Wuth im Laufe hemmen,
Wenn frei es ward von seiner Zügel Zwang?
Wer die Gewalt des stolzen Stromes dämmen,
Der aus den Ufern tritt, mit wildem Drang?
Kannst du dem Bergsturz dich entgegen stemmen,
Der niederkracht vom jähen Felsenhang?
Doch eher fänd' er Aufhalt und Erschwerung,
Als eines Volkes wuthentbrannte Gährung.

Astolf.

Ein Funken war's, er wird zum mächt'gen Brand,
Verwüstend geht die Zwietracht durch das Land.

König.

Durch der Parteien Sturm wird sie verkündet;
Von jenen Bergen schallt, mit lautem Dröhnen
Der Schlachtruf, läßt, von Doppelwuth entzündet,
Bald Sigismund und bald Astolf ertönen.
Der alte Thron, auf Eid und Pflicht gegründet,
Muß neuer Absicht, neuer Herrschsucht fröhnen:
Ein Frevelschauplatz, wo, uns zur Bedrängniß,
Mit Trauerspielen schrecket das Verhängniß.

Aſtolf.

Die Freude, Herr, ſei jetzt noch unterbrochen,
Des Ruhmes Glanz, die ſchmeichelnden Genüſſe,
Die deine Huld beglückend mir verſprochen;
Ich fühl's, daß ich ſie erſt verdienen müſſe.
Wenn jetzt das Volk Gehorſam uns verſagt,
Mit Unterwerfung muß es dennoch enden;
Ja, ehe noch der nächſte Morgen tagt,
Soll dein Geſchick, o Herr, und mein's ſich wenden.

(Ein Offizier tritt ein und ſpricht leiſe mit Aſtolf.)

König
(in Gedanken verloren, nach einer Pauſe).

Unwiderſtehlich iſt des Schickſals Lenkung,
Und oft gefahrvoll, ſie vorauserfahren;
Nicht ſchützen kann ſich menſchliche Beſchränkung:
Gefahren flieh'n, das bringt erſt in Gefahren.
Mein Unglück wird, was Schutz mir ſollt' erwerben;
Ich ſelbſt bewirkte meines Reichs Verderben!

Achter Auftritt.

(Vorige. Eſtrella im Reitkleide, mit mehreren Dienern.)

Eſtrella.

Eilt deine Gegenwart nicht bald zu zäumen

Den Aufruhr, Herr, der frech und ohne Hülle,
Von Schaar zu Schaar, umher in allen Räumen,
Auf allen Gaſſen ſchwärmt mit Wuth gebrülle,
So iſt's zu ſpät; denn ſchon, ſo weit wir ſchauen,
Iſt Alles rings Verderben, Alles Grauen.

Aſtolf.

Was iſt geſcheh'n? Welch neues Schreckniß droht?
Das Schlimmſte, was uns trifft, iſt nur der Tod.

Eſtrella.

So furchtbar tobt im Reiche die Empörung,
So mächtig iſt des blut'gen Haſſes Dauer,
Und ſchon ſo weit verzweigt ſich die Verheerung,
Daß alles untergeht in der Zerſtörung.
Die Sonn' erbleicht, die Luft durchweht ein Schauer,
Die Erde ſcheint ein Monument der Trauer.

Aſtolf (zum Gefolge).

Gebt mir ein Roß! Es ſoll mit Donnerſchmettern
Mein Schwert nun leuchten in des Krieges Wettern.

(Er will abgehen.)

Neunter Auftritt.

(Clotalb tritt ein. Vorige.)

König (zu Clotalb).

Sag' an! wie haſt du meinen Sohn gefunden?

Clotald.

Dem Himmel Dank! ich nahe dir
lebendig. —
Das Volk, ein Ungeheu'r, wild, un=
beständig,
Drang in den Thurm, aus dem,
der Scheu entbunden,
Es seinen Fürsten zog, der kühn,
unbändig,
Sobald er die erneute Kraft em=
pfunden,
Den Muth erhob und schwur, die
ew'ge Wahrheit
Des Himmels darzuthun in voller
Klarheit.

König.

Gebt mir mein Schwert!
(Bediente bringen Waffen für Astolf).
Dem undankbaren Sohne
Will ich mit eigner Hand den Sieg
entringen,
Und rühmlich soll, zum Schutze mei=
ner Krone,
Was Wissen fehlte, nun der Arm
vollbringen!
(Man giebt ihm Waffen.)

Estrella.

Auch mir ein Schwert! Ich folg'
dir als Bellone!
Mein Name soll mit deinem auf sich
schwingen!
Im Sturme will ich auf den Feind
mich werfen,
Und um den Preis wetteifern mit
Minerven!
(Alle sind bewaffnet und gehen ab.
Man schlägt Lärm.)

———

Fünfter Akt.

Gebirg und Wald.

Erster Auftritt.

(Kriegerische Musik. Sigismunds Trup=
pen ziehen über die Bühne. Auf einer
erhöhten Stelle des Vordergrundes steht
Sigismund, von seinen Offizieren um=
geben; unter ihnen Clarin.)

Sigismund,

(nachdem ein Theil der Truppen vor=
über gezogen).

Könnt' heute mich die ew'ge Roma
sehen,
Geschmückt mit ihrer Jugend Siegs=
trophäen,
Wie würde sie des Anblicks sich
erfreuen,
In dem sich ihre Wunder all' er=
neuen!
Ein Unthier, mich, die Ausgeburt
der Wüste,
Den ihre Heeresmacht als Feldherrn
grüßte,
Für den, gefolgt von einem solchen
Heere,
Der Welt Eroberung ein Leichtes
wäre! —
Doch hemme noch den stolzen Flug,
mein Geist
Der dich zu ungewissem Ruhme reißt.
Zu bald mit Schrecken könntest du
erfahren,
Daß seine Lockungen nur Träume
waren. —
Je minder ich geschätzt, was ich ge=
wonnen,

Je minder schmerzt es mich, wenn
es zerronnen.
(Er setzt sich auf einen Stein.)
(Trompetenstoß.)

Clarin.

Herr, sieh dorthin! Auf einem ra=
schen Pferde —
Gewebt aus Luft und Feuer scheint
der Leib,
Zu fliegen scheint es, kaum berührt's
die Erde, —
Sprengt dort heran ein wunder=
schönes Weib,
Und jetzt nach uns hat sie das Roß
gewendet.

Sigismund.

Von ihrem Glanze bin ich wie ge=
blendet.

Clarin.

Sieh, sieh! Rosaura ist's, sie steigt
hernieder.
(Er eilt ihr entgegen.)

Sigismund.

Rosaura? Ist es möglich? — Sie
ist da!
Der Himmel schenkt sie meinen Blicken
wieder;
Sie ist's, und schöner als ich je sie
sah!

Zweiter Auftritt.

(Sigismund. Rosaura mit Mantel,
Schwert und Dolch. Clarin.)

Rosaura.

Großherz'ger Sigismund! deß kühner
Muth
Hervorbringt aus der Nacht, die ihn
umschattet,

Zu seiner Thaten Morgen, gleich
dem Stern,
Der aus Aurorens Armen sich er=
hebt;
Laß ein unglücklich Weib, hier hin=
gestreckt
Zu deines Thrones Stufen, Schutz
erlangen,
Weil sie unglücklich und ein Weib
ist;
Zwei Worte, deren jedes schon genügt,
Des edlen Mannes Schutz ihr zu
verleih'n.

Sigismund.

Du, Wunderwesen, sprich, wer bist
du? Nun
Schon dreimal seh' ich dich, und
stets in andrer
Gestalt, doch immer reizend, wie auch
jetzt,
Da du der Frauen heitern Schmuck
vereinst
Mit Männerwaffen, zwiefach uns
bekriegend.

Rosaura.

Vernimm, o Fürst! mich hat an
Moskau's Hofe
Ein edles Weib geboren, groß an
Schönheit,
Wie groß ihr Leid auch war. Die
Augen warf
Ein Mann auf sie von hohem Rang.
Wie einst
Die Götter sich genaht der Erde
Töchtern
Mit falscher Liebe, so geschah's auch
hier.
Getäuscht, wie jene, ward die edle
Mutter,

Und treulos dann verließ sie der
  Verführer,
Gleich dem Aeneas, nur sein Schwert
  zurück
Ihr lassend.

Sigismund.

  Ha! kann Schönheit solchen Lohn
Empfangen?

Rosaura.

    Aus so unglücksel'gem Bande
Bin ich entsprossen; meiner Mutter
  Abbild,
An Reiz nicht, doch an Thun und
  Leid vollkommen. —
Eins nur vermag ich m e h r von mir
  zu sagen:
Den Namen des Verräthers, der
  den Schmuck
Der Ehre mir gestohlen; Fürst
  Astolf —

Sigismund.

Astolf? Nichtswürdiger!

Rosaura.

    Astolf war's, der,
Vergessend seiner Wonnen, — o!
  so leicht
Entfliegt Erinn'rung, ist die Lieb'
  entflogen! —
Vom Glanze der Erob'rung ange=
  lockt,
Nach Polen kam, Estrella's Hoch=
  zeitsfackel
An meines Todes Fackel anzuzünden.
Beleidigt und verhöhnt durch den
  Verrath,
Vernichtet fühlt' ich mich, da ich's
  erfuhr.
Doch, mich ermannend, faßt' ich den
  Entschluß,
  Den Ungetreuen aufzusuchen, um

Sein Herz, wo möglich, wieder zu
  gewinnen,
Wo nicht, ihn zu bestrafen. Dieses
  Schwert
Ergriff ich, meinen Trost nun, meinen
  Führer
Und einz'ges Erbtheil. — So, in
  Männertracht
Gehüllt, erreicht' ich dieses Land, in
  dem
Zu jenem Thurm mich meines Ros=
  ses Wildheit
Zuerst gebracht, und dann Clotald
  mich an
Den Hof geführt, wo du in seinem
  Schutz
Mich sahst. Doch nun erkennt auch
  er Astolf
Als seinen Herrn und als Estrella's
  Gatten,
Und ehrenwidrig räth er mir, die
  Rache,
Nach der ich dürste, aufzuopfern.

Sigismund.

        Ha!

Rosaura.

Gekommen bin ich nun, großherz'ger
  Fürst!
Dir meinen Arm zu bieten, und,
  vereint
Mit dir, den Feinden muthvoll zu
  begegnen.
Auf, tapfrer Oberherr! laß uns den
  Bund
Vernichten, der mit gleicher Schmach
  uns droht,
Dein Reich dir raubend und mir
  den Geliebten.
Als Weib komm' ich, zu meiner
  Ehre Rettung

Dich aufzufordern, und als Mann,
    dich zu
Begeistern zur Erkämpfung deiner
    Krone.
Als Weib komm' ich, zu deinen Fü=
    ßen mich
Hinschmiegend, dich zu rühren, und
    als Mann,
Dir meines Schwerts und meines
    Lebens Dienst
Zu weihen. Und so wisse, wenn
    du mir
Als Weib mit Liebe drohst, so geb',
    als Mann,
Ich dir den Tod, entschlossen, meine
    Ehre
Mit meinem Herzblut zu verthei=
    digen.
        Sigismund (für sich).
O, Himmel, träum' ich wirklich, so
    laß schnell
Mir das Bewußtsein schwinden; denn
    kein Weg
Aus diesem Labyrinthe zeigt sich mir.
War jene Hoheit, die mich dort
    umgab,
Ein Traum, wie kann dieß Weib
    so unfehlbare
Merkmal' und Zeichen jetzt mir wie=
    derholen?
War's wirklich, wie konnt' ich für
    Traum es halten?
Gleicht alle Hoheit denn so sehr dem
    Traume?
Hat Bild und Nachbild solche Gleich=
    heit, daß
Nicht Unterschied noch Wahl ist zwi=
    schen beiden?
        Rosaura.
Mein Fürst!

        Sigismund.
Ist's so, und müssen endlich wir
Verschwinden sehen alle Majestät
Und Größe, gleich Phantomen: ha!
    so laßt
Die Zeit uns brauchen, die zu Theil
    uns ward,
Um zu genießen, was in Träumen
    wird
Genossen! — Mich entflammt Rosau=
    rens Reiz;
Sie ist in meiner Macht. Den Au=
    genblick
Laßt uns benützen! — Breche Liebe
    denn
Der Ehre streng Gebot und das
    Vertrauen,
Das mir zum Schutze hin sich gab.
    Traum ist's,
Und weil's das ist, so laßt von
    Wonne jetzt
Uns träumen, die doch einst in Leid
    sich wandelt! —
        Rosaura (für sich).
Was sinnet er? Er spricht wie träu=
    mend. — Nicht
Zu hören scheint er noch zu sehn,
    und doch
Gleich Blitzen treffen seiner Blicke
    Strahlen.
        Sigismund.
„Zu Leid sich wandelt einst!" —
    So widerleg'
Ich selber mich mit meinen eignen
    Worten.
Steht diese Probe mir bevor, und ist
Die Wonne des Genusses weiter
    nichts
Als eine schöne Flamme, die in
    Asche

Beim leisen Hauch der Morgenluft
verlodert:
So laßt das Ew'ge da uns suchen, wo
Der Ruhm nicht wandelbar, das Glück
kein Schlummer,
Und keine Traumgestalt die Hoheit
ist. —
Um Ehre seufzt Rosaura, und es
ziemt
Dem Fürsten, sie zu geben, nicht
zu rauben.
Beim Himmel! Ihre Ehre will ich ihr
Erkämpfen, eh', als mir die Krone.
Fliehn
Wir der Versuchung allzumächt'gen
Reiz!
(Er wendet sich schnell zu den Seinigen.)

Rosaura.
Wohin enteilest du so schnell, o Herr?
Kein tröstend Wort hast du für
meinen Kummer?
Nicht einer Antwort würdigst du
mein Flehn?
Ist's möglich, Herr? Du hältst mir
Aug' und Ohr
Verschlossen? Du verbirgst mir gar
dein Antlitz?

Sigismund.
Rosaura! hart behandeln muß ich
dich,
Soll ich mein Mitleid dir beweisen;
Antwort
Verweigert dir mein Mund, damit
die That
Antworten möge: Deiner Schönheit
Anblick,
Ich opfre ihn dem Blick auf deine
Ehre. —
(Zu den Soldaten.)

Auf! auf! und rührt die Trommeln!
denn ich will
Ein Treffen liefern, eh' vom Him-
melsbogen
Die Sonne sinkt in's dunkle Grün
der Wogen.
(Er geht mit dem Heere ab.)

Dritter Auftritt.

Rosaura (allein).
Was für ein seltsam räthselhaft Be-
tragen!
Ist's Haß, ist's Liebe, was ihn mir
entführt?
Darf ich nun hoffen? Muß ich
ganz verzagen?
Von meinen Leiden schien er tief
gerührt;
Doch was will dieser Blick, dieß
Schweigen sagen,
Der wache Traum, worin er sich
verliert?
Ein Zauber ist's, er scheint ihn an-
zuziehen;
Er will ihm nahen, und er muß
entfliehen.
(Sie bleibt in Gedanken stehn.)

Vierter Auftritt.

(Rosaura. Clarin nähert sich ihr.)

Clarin.
Mein Fräulein, darf man näher
kommen?

Rosaura.
Du hier, Clarin? Wo bist du denn
geblieben?

Clarin.

In Stadt und Land hab' ich mich
umgetrieben:
Habt ihr von meinen Thaten nichts
vernommen? —
Am Hofe war ich ziemlich angesehn;
Da steckten sie aus Neid mich in
den Thurm.
Dort schien's zuerst nicht eben gut
zu gehn;
Am eklen Hungertuche mußt' ich nagen,
Und mit Philosophie mich böslich
plagen.
Doch meine Freunde wagten einen
Sturm,
Mich zu befreien. Ja, mich armen
Wurm,
Denkt nur, zum König wollten sie
mich haben.
Doch Jeder hat zu andern Dingen
Gaben.
Ich bin kein Freund vom Schlach=
ten und vom Morden,
Drum bin ich nur des Königs Narr
geworden.
                    (Man hört Trommeln.)
              Rosaura.
Horch auf! was will das Lärmen
sagen?
          Clarin (hinaussehend.)
Dort an der Burg ist's, die man
schon umringt.
Seht, ein gewalt'ger Söldnerhaufe
dringt
Heraus — er macht sich Bahn —
die Unsern weichen; —
Nun geht's im Sturm drauf los
mit Doppelstreichen,
Als wollt' er wüthend Alles nieder=
schlagen,

Was zu dem Prinzen Sigismund
sich hält.
              Rosaura.
Warum verweil' ich ferne noch vom
Streite,
Und bin nicht fechtend schon an seiner
Seite?
Muth, Sigismund! laß uns das
Höchste wagen!
Der kühne Heldengeist bezwingt die
Welt! (Eilt ab.)
          Stimmen (von außen).
Es leb' der König!
          Andere Stimmen.
              Hoch die Freiheit! hoch!
          Clarin (allein).
Hier Freiheit, König dort! Laßt
beide
So hoch nur leben, wie sie wollen;
Fürwahr ich werde wenig grollen,
Wo meinen Platz man mir be=
scheide.
Doch von dem Wirrwarr, der hier
wühlt,
Trenn' ich gar weislich meine Sachen;
Wie Kaiser Nero will ich's machen,
Der Gram und Mitleid nie ge=
fühlt.
Ein kluger Mann, der Nero,
traun!
Wie er, verborgen, ganz im Stillen,
Will ich mir hier das Fest be=
schau'n.
Gedeckt ringsum von Felsenlagen,
Gar still und heimlich ist der Ort;
Von hier holt mich der Tod nicht
fort.
Bah! laßt mich ihm ein Schnippchen
schlagen.

                    (Er verbirgt sich.)

Fünfter Auftritt.

(Kurzes Gefecht. Nach einer Weile
kommen:

Der König, Estrella, Astolf und
Clotald fliehend.)

König.

Ach, fühlte des Geschickes Hand so
schwer

Ein König und ein Vater je, wie ich?

Clotald.

Der Schrecken geht vor seinen Fah=
nen her,

Nichts hält mehr Stand, wer kann,
der flüchtet sich.

Astolf.

Wir sind geschlagen! die Verräther
siegen!

König.

O nein, Astolf, in dieser Art von
Kriegen,

Sind die Verräther nur, die unter=
liegen.

Entfliehen wir dem ungerathnen
Sohne,

Clotald, dem frechen Räuber meiner
Krone.

(Es fällt ein Schuß.)

Clarin (stürzt aus seinem Schlupf=
winkel hervor.)

Hilf mir, o Himmel!

König.

Seht, Astolf, da fällt

Ein Krieger, jammernd, auf den Tod
getroffen.

Wer ist's? Von Blut ist sein Ge=
sicht entstellt.

Clarin.

Ach, ach, mir bleibt allhier nichts
mehr zu hoffen!

Dem Tod entfloh ich; darum fand
ich ihn,

Wo ich ihm dachte sicher zu ent=
fliehn. —

Giebt's keinen Schirm doch, keinen
Aufenthalt,

Vor des Geschickes drohender Gewalt!

Und im Verscheiden sag' ich es euch
Allen:

Wo ihr auch Rettung sucht vor Todes=
noth,

Ihr sinket, wie ich selber, in den
Tod,

Wenn es die Gottheit will, daß ihr
sollt fallen.

(Er fällt in die Scene zurück.)

König.

„Ihr sinket, wie ich selber, in den
Tod,

Wenn es die Gottheit will, daß ihr
sollt fallen!"

So lehrst du, Himmel, mit dem
blut'gen Munde

Des Leichnams, den zu unsern Fü=
ßen du

Dahingestürzt, daß alle Menschen=
Vorsicht

Nichts wider dich vermag und deine
Fügung!

Ich, um mein Reich vor Aufruhr
und Verderben

Zu schützen, gab es in dieselbe
Hand,

Der ich es weislich zu entreißen dachte.

Clotald.

Wohl kennt, o Herr, das Schicksal
jeden Pfad,

Und findet Alle, die es suchet, selbst
Im Dickicht des Gebirgs: doch
däucht mich, ist's
Nicht recht, sich blind verzagend hin=
zugeben;
Darum auf deine Rettung sei be=
dacht.

Astolf.
Ermanne dich, mein König! Schnell
entflieh!
Dort in dem dichten Waldesschatten
steht
Ein Roß, so flüchtig, wie vom Wind
empfangen;
Dieß, Roß, besteig' und flieh', in=
dessen ich,
Den Feind bekämpfend, dir den Rücken
decke.

König.
Wenn Gott will, ich soll sterben,
wenn der Tod
Hier meiner harret; wohl, so will
ich jetzt
Ihm stehen, Aug' in Aug', ihn fest
erwartend.
(Waffengetöse.)

Sechster Auftritt.

(Vorige. Sigismund. Rosaura. Sol=
daten und Gefolge.)

Sigismund (zu den Seinigen).
Im Dickicht dieses Bergs, im dunkeln
Schatten
Verbirgt der König sich: verfolget ihn,
Laßt keinen Baum im Walde un=
durchsucht.
Clotald.
Herr, fliehe!

König.
Warum fliehen?
(Er nähert sich dem Prinzen.)
Astolf.
Was beginnst
Du?
König.
Laßt mich, Herzog!
Clotald.
Herr! was willst du thun?
König.
Was mir noch übrig ist, zu thun,
Clotald.
(Zu Sigismund.)
Bist du gekommen, mich zu suchen,
Prinz,
So sieh mich hier, im Staub vor
dir gebeugt.
(Er macht eine Bewegung niederzu=
knieen. Astolf und Clotald halten ihn.)
Den Schnee von meines Hauptes
Haaren schütte
Zum weißen Teppich deiner Soh=
len hin!
Erhebe dich durch meinen Fall! mir
von
Den Schultern reiße diesen Königs=
mantel;
Zerschmettre meine Krone, meinen
Szepter!
Beraube mich der alten Würd' und
Achtung!
Und wenn dieß Alles dann geschehen
ist, —
So mag das Schicksal sein Gelübb',
sein Wort
Der Himmel lösen. —
Sigismund.
Erlauchter Hof von Polen, der du
Zeuge

So unerhörter Thaten bist, ver-
nimm,
Was jetzt dein Fürst dir sagt: Wahr-
haftig ist
Der Himmel, und die Sterne lügen
nicht
Und täuschen nimmer; der nur
täuscht und lügt,
Der zu durchforschen wähnet ihren
Rathschluß
Und ihn zu deuten, mit vermeß'ner
Weisheit.
Den eignen Irrthum las der Va-
ter in
Den Sternen; was von mir ihm
droht, es ward
Vollbracht, wodurch er's meinte zu
verhindern.
Denn wie der Sturm schläft in
der Meeresstille,
Der Mord im ruh'nden Schwert,
so in der Brust
Des Menschen schlummern Wildheit
und Gewaltsinn;
Der weckt sie, der sie glaubt zu unter-
drücken
Durch ungerechten Zwang. So, sein
Geschick
Sich selbst ersinnend, hat mein Va-
ter es
Erfüllt, bis zu dem letzten, schmäh-
lichsten:
Zu meinen Füßen liegt er, über-
wunden!
Ein Vater und Monarch! Wohl
war's ein Schluß
Des Schicksals; aufzuhalten und
zu ändern
Vermocht' er's nicht, was er auch
strebte. Und —

Ich, der ihm weichen muß an Alter,
Wissen
Und Geistesgröße, sollt' es können?
— König,
Mein Vater, blick' empor! gieb deine
Hand mir;
Und da der Himmel von dem Wahne
dich
Befreit, ihn zu bezwingen, so erwart'
Ich demuthsvoll, daß du an mir
dich rächest.
Sieh mich zu deinen Füßen! (Er kniet.)
König (ihn aufhebend).
Sohn! mein Sohn!
Zum zweiten Mal zeugt diese edle That
Dich mir im Vaterherzen. Du bist
Fürst!
Der Lorbeer, dir gebührt er, und
die Palme.
Du siegtest, krönen denn dich deine
Thaten!
Alle.
Es lebe Sigismund! Er lebe hoch!
Sigismund.
Erkämpfen, hoff' ich, soll mein gu-
tes Schwert
Einst manchen Sieg, des Lorbeers
würdig; doch
Gewinn' ich jetzt den größten über
mich. —
Astolf!
Astolf.
Mein Fürst?
Sigismund.
Du weißt es, welchen Anspruch
Rosaura an dich hat — gieb ihr
die Hand:
Die Schuld, die ihre Ehre von dir
fordert,
Ich hab' sie einzutreiben.

Aſtolf.

Es iſt wahr,
Verpflichtet bin ich ihr, und nicht
erloſchen
Iſt jene Flamme, die mich einſt be=
glückt.
Allein, ſie kennet ihren Urſprung
nicht;
Ich bin ein Fürſt und darf ein
Weib nicht wählen —

Clotald.

Halt ein, Aſtolf, nicht weiter! Edel iſt
Roſaura's Blut! nicht edler iſt das
deine.
Im offnen Kampfe ſoll mein Degen
dir
Es darthun; denn genug, ich bin
ihr Vater.

Aſtolf.

Ihr Vater du?

Clotald.

Verſchweigen wollt' ich es,
Bis an des edlen Gatten Hand
ich ſie
Erblickte, hergeſtellt in ihrer Ehre.
Doch laut erklär' ich's nun: ſie iſt
mein Kind.

Aſtolf.

Dann halte ich mit Freuden mein
Verſprechen.
Roſaura, kannſt du mir verzeihn?

Sigismund.

Und daß
Mit Recht ſich auch Eſtrella nicht be=
klage,
Da einen Fürſten ſie verlieren ſoll
Von ſolchem Rang und Ruhme: —
will ich jetzt
Mit eigner Hand ihr einen Gatten
geben,

An Hoheit und an Muth nicht unter
ihm.
(Sich ihr nähernd.)
Eſtrella, gieb als Braut mir deine
Hand.

Eſtrella.

Mein Fürſt, ſieh mich beſchämt von
deiner Großmuth.

Sigismund.

Clotald, den treuen Diener meines
Vaters,
Erwartet meine Bruſt, und jeder
Lohn,
Den er ſich wünſchen mag.
(Umarmt ihn.)
Mein Freund! Mein Lehrer!

Anführer der Soldaten.

O König, ehrſt du deine Gegner ſo,
Was werde ich denn, der des Landes
Aufſtand
Bewirkt, und aus dem Thurme dich
befreit,
Wo du gefangen warſt, zum Lohn
erhalten?

Sigismund.

Denſelben Thurm! und daß du bis
zum Tode
Von dort mir nicht entweicheſt, will
ich ſorgen.
Nicht des Verräthers braucht's, iſt
der Verrath
Vollzogen. Führt ihn fort!
(Der Anführer wird abgeführt.)

König.

Mit Freude und
Bewund'rung ſeh' ich dich, mein
Sohn!

Roſaura.

Wie weiſe,
Wie edel zeigſt du dich, o Prinz!

Astolf.

Wie reif und männlich,
Wie wunderbar verwandelt ist dein
    Geist!

Sigismund.

Was staunet ihr mich an, und
    preis't
Als Tugend und als Weisheit, was
    ein Traum
Mich hat gelehrt, von dem ich jetzt
    noch kaum
Erwacht bin, sorgend, daß den scheuen
    Blicken
Sich Alles plötzlich wieder möcht'
    entrücken? —
Doch sei's auch wirklich, wie ich
    selbst nun glaube,
Bin ich dem Irrthum doch nicht
    mehr zum Raube,
Und weiß nun: Unser Leben, unser
    Glück
Schmilzt wie ein Traum, und kehrt
    nicht mehr zurück.
Genießen wir's; und wo wir
    menschlich fehlen,
Entschuldigt uns die Nachsicht edler
    Seelen.

Im gleichen Verlage sind in gleicher Ausstattung erschienen und in jeder Buchhandlung zu haben:

Lessing: Nathan der Weise. Preis 9 kr. — 3 Sgr.

Molière: Der Geizige. Preis 9 kr. — 3 Sgr.

Kleist: Das Käthchen von Heilbronn.
Preis 9 kr. — 3 Sgr.

Shakespeare: Der Kaufmann von Venedig.
Preis 9 kr. — 3 Sgr.

Schiller: Die Räuber. Preis 9 kr. — 3 Sgr.

Kotzebue: Menschenhaß und Reue.
Preis 9 kr. — 3 Sgr.

Calderon: Das Leben ein Traum.
Preis 9 kr. — 3 Sgr.

Goethe: Faust. Erster Theil. Preis 9 kr. — 3 Sgr

——— **Faust. Zweiter Theil.** Preis 9 kr. — 3 Sgr

Iffland: Die Jäger. Preis 9 kr. — 3 Sgr.

Körner: Zriny. Preis 9 kr. — 3 Sgr.

Lessing: Emilia Galotti. Minna v. Barnhelm.
Preis à 9 kr. — 3 Sgr.

www.ingramcontent.com/pod-product-compliance
Lightning Source LLC
Chambersburg PA
CBHW030016030726
47499CB00008B/3017